清
唱

每一眼风景都是愉快的邀请

—

陈思呈 著

北京联合出版公司
Beijing United Publishing Co.,Ltd.

序

愿你高冷地面对寂寞和脆弱

黄爱东西

认得陈思呈的人，大都震惊于她的美貌和高冷。

对于本序的中心思想，她只对以上两个关键词提出了强烈要求。

你看，她的要求已经迅速达成了。

咱们现在开始说正经事：

陈思呈的文字干净、准确、条理清晰，有她自己的节奏。

再有就是诚恳，通常上来就掏心窝子的做法容易让人觉得有点缺心眼和危险，但以她的文字表述能力，你完全不需要担这个心。

摘录她《我听过女神歌唱》一文里的几段：

“我爱慕她的美，更仰望她的力量，在那支指挥棒魔术一样的起落中，生活中所有的残败被遗忘，所有的平庸皆可忽略，光和蜜组成的万花筒，在无形之中，缓缓流转。”

“可是在那个11岁的夏日午后，窗外的金凤花全力盛放，脚踏风琴声中我们亦步亦趋地跟着苏老师练习，在那个瞬间，心里所起的震动，涟漪漫延到今天。命运还没有打扰我们，可是我们对世界已经深怀爱意。”

抒情至此，她最后却说：

“我完全不想和我记忆中的女神相见，我知道相见也无言，唯有搓着双手傻笑。请让我在回忆里暗自珍惜，美丽的女神，谢谢你曾经在我的童年里歌唱。”

这样的文字，令人阅读起来非常放心和愉悦流畅，很显然，这出自一位成熟出色的写作者之手。

对于社会生活，她的一些表述和结论如下：

“高智商的人都是只身来往、事了拂衣去的，庸众才是上个厕所也要结伴而行，浩浩荡荡。”

“一个人如果把成就感，寄托在感动他人或者被他人感动之上，那实在太危险。必定要出事。”

“低欲和高能，是我们获得自由的两大路径。”

这些文字背后，貌似应该站着一个高冷的人。

所以，在日常生活里见到陈思呈的朋友们，通常会被反差弄懵。

家中待客时，陈思呈基本上是在厨房客厅书房，总之她家范围内呈布朗运动状态：来来来我泡茶给你喝，水煮到一半，窜到厨房洗两根菜，想起来冲茶需要茶叶，跑到客厅找茶叶，然后怕客人闷，又冲进书房找书。完全随机无序，想起一出是一出。

于是有一阵子我管她叫陈布朗小姐。她有点生气，因为她比较喜欢我们叫她陈能干、陈美丽或者陈高冷。

这没有褒贬仅只陈述。她声称煲了一锅绝世好汤，满脸热切地写着“快猛烈地表扬我”的神情，待我们去舀那锅汤，发现几近清水，里面身世飘零地沉了 3 小块胡萝卜 2 块土豆，外加 4 小块排骨。所有据说马上就要煮的肉、菜都还放在冰箱急冻层。

不能夸她家任何东西，否则就要全都热烈地送给你。

后来我们还发现她三餐不继。别家都是商量我们这顿吃什么，她家是商量我们这顿还吃不吃。

一次她来我家，在厨房里转来转去试图帮忙，最后快被轰出去了，她说，我念诗给你听吧？于是在拍蒜切姜的动静里，她念了两首莎士比亚的诗。

再一回她来玩，说回去没吃的，于是给她打包重芝士蛋糕3斤，外加一锅卤水蹄髈鸡蛋什么的，告诉她回家煮一大锅白粥，怎么也够吃个几天。晚上，她来了个电话，问说，蛋糕已经快吃完了，另外还吃了7个卤蛋，很撑，怎么办。

我彻底被惊着了。这个人，在日常生活里完全就是个儿童。

想想她笔下的文字，再看看生活里的这人，还能怎么办。

她很像是一个被安排好的、有异能的小孩，专门只负责说破。

旁观日常生活的湍流，或者干脆坐在湍流之中，然后用如臂指使的文字，负责来说破一些什么。

她的文字，有种天然好物的质地，亚光细密，清明却又温暖。说详细些大概就是，冬日暖阳下，走过来一个穿着破棉袄带笑的少年，发一声清啸。这和有些歌者嗓音冰凉，有些又像天鹅绒一样，和努力没什么关系。

每个小孩都会长大，在此之前你不知道他们各自怀揣温养了什么样的宝物，来和这个世界说你好，然后相处，之后离去。

陈思呈的文字是她和这个世界相处的宝物。

在这本书的后记里，她说："写作是否可以成为一种救赎？也许可以。它是我的飞行器，在那些犹如胖子过夏的时分，白纸黑字地邀请我：写出来吧，端详它们。我笨拙而功利地运用这唯一的便利，由它带领着，从我的小区域出走。这宽阔的世界必定能安慰我们。"

如此，愿你一直保有孩童般的眼神，继续温养你的宝物，高冷地面对人间的寂寞和脆弱。

继续飞行，飞升于平庸之上。

2016.7.14 广州

目录 CONTENTS

不要轻易自诩善良

谁都愿意自诩善良，事实上，人性的势利却让你身不由己——我们也许不会主动伤害一个弱者，但以强者的意愿为圭臬，向强者示好，却是本能。

有种天赋是对生活浑然不觉

对生活的敏感使人丰富，可以感受更多、看到更多；而保持对生活的钝感也给人另一种丰富——可以因浑然不觉而不受阻挡，故可行走更多。

目录 CONTENTS

爱情是最美好的病症

爱情原来别无他事，就是在那么一些微妙的时分，由旁的不相干的事物，一起合谋催化。

唯在渡涉苦难时可以领受

承认被命运薄待的部分，也承认自己的耿耿于怀，用尽全力把它挖出来，直达最深处。

目录 CONTENTS

坦然接受平凡才是真强大

真正诗意的生活，应是来源于一颗有活力的心。假装岁月静美，不过是用隐士的姿态粉饰自己当下的无能。

写作是否可以成为一种救赎？也许可以。
它是我的飞行器，在那些犹如胖子过夏的时分，
白纸黑字地邀请我：写出来吧，端详它们。

我笨拙而功利地运用这唯一的便利，
由它带领着，
从我的小区域出走。
这宽阔的世界必定能安慰我们。

谁都愿意自诩善良，

事实上，

人性的势利却让你身不由己

——我们也许不会主动伤害一个弱者，

但以强者的意愿为圭臬，

向强者示好，

却是本能。

不要
轻易自诩善良

我们害怕的不是告别，而是不告而别

前些时日电视节目《康熙来了》停播，作家咪蒙在她的公众号上写了一篇文章标题叫《为什么我们总是害怕告别》。

千里搭长棚，告别总是难免的。告别其实还不是最可怕的，最可怕的，是不告而别，就像《少年派奇幻漂流》中，那只老虎对待派那样。

“在丛林边上，他（即老虎理查德·帕克）停了下来。我肯定他会转身对着我。他会看我。他会耷拉下耳朵。他会咆哮。他会以某种诸如此类的方式为我们之间的关系做一个总结。他没有这么做。”

“我哭是因为理查德·帕克如此随便地离开了我。不能好好地告别是件多么可怕的事啊。我是一个相信形式、相信秩序和谐的人。只要可能，我们就应该赋予事物一个有意义的形式。事物应当恰当地结束，这在生活中很重要，只有在这时你才能放手，否则你的心里就会装满应该说却不曾说的话，你的心就会因悔恨而沉重。

那个没有说出的再见直到今天都让我伤心，我真希望自己在救生艇里看了他最后一眼，希望我稍稍激怒了他，这样他就会牵挂我，我希望自己当时对他说——我们活了下来，你能相信吗？我对你的感谢无法用语言表达，如果没有你，我做不到这一点。我要正式地对你说，理查德·帕克，谢谢你。谢谢你救了我的命。现在到你要去的地方去吧。这大半辈子你已经了解了什么是动物园里有限的自由，现在你将会了解什么是丛林里有限的自由。我祝你好运。当心人类。他们不是你的朋友，但我希望你记住我是一个朋友。我不会忘记你的，这是肯定的。你会永远和我在一起，在我心里。”

之所以抄摘了这么长的原文，是因为派自己强调的这段告别的重要性，在经历了极端的苦难之后，他很需要与他的伙伴——也许是另一个自己，说这么一通话，好好地告别一声，之后尘埃落定。

去年在某寺庙里，听方丈讲过一个香客的故事，这个香客从小由祖母带大，祖母去世前，他恰好在外地，虽然连夜赶回去，还是见不上最后一面。因为这最后一面没见上，他内心里一直无法接受祖母去世这个事实。他常觉得祖母是在伤心中去世的，也觉得祖母的灵魂至今没有安息。

方丈说，有很多人见了亲人临终的最后一面，但没有好好说点心里话，结果也是一样的。中国人的拙于表达、临终时周围人群缭绕、逝者陷入昏迷等客观因素，都可能导致这几句有关告别的“心里话”没机会好好说出来。这是很多人的命运——他们都觉得与去世的亲人没有好好告别过，余生一直为此不安。

这种不安似乎比死亡本身，更让人耿耿于怀。

这种心理在心理学上有一个解释，叫“完形心理学”。

心理学家武志红写到一个故事，有个 80 岁的老人马德峰，在长达 47 年的时间里一直在寻找初恋女友，最终通过报社得以圆梦，找到了女友的下落。这件事未必能用痴情来解释，更能解释它的，也是这个“完形心理学”。

武志红文章中说，完形心理学源自德国的一个心理学流派，其核心概念就是，我们会追求一个完整的心理图形，一个有始有终的初恋，不管结果是走向婚姻，还是分手告别，只要有明确的结果，就是一个完整的心理图形。

假如无果而终，像 80 岁老人马德峰这种，就是没有完成的心理图形，人们会做很多努力，渴望重新将它完成。有报道称，山东青岛甚至有机构从此推出一项特别服务：代孤独老人寻找初恋情人。

其实这些恋人即使是寻得了彼此，也不见得真的能在现在的生活中互相安慰，也许他们的结果仍是分手，只不过把那一声迟到了几十年的告别，弥补说一声罢了。

恋人尚可寻找，假如他（她）仍在世间。但生离死别却无法弥补，少年派和那只老虎之间，就有这么一声悬而未决的告别。

古诗里写离别的那么多，这些诗句可能就是为了与对方好好告别吧。

踏歌前来的汪伦，是为了好好告别，“劝君更尽一杯酒，西出阳关无故人”“莫道前路无知己，天下谁人不识君”。

好好告别，是为了告诉对方，在刚结束的这场相逢中，你在我心里的分量。“舞低杨柳楼心月，歌尽桃花扇底风”也是为了好好告别，有了这场醉，以及醉中的歌舞，便可以将自己的感情和盘托出，那么，从别后，忆相逢，这一次告别也就是寂寞岁月可以时时回味的糖。

不过，最好的告别还是莫过于“海内存知己，天涯若比邻”这一句。这个开朗的说法，给聚散无常一个宽容的微笑，看破了时间和空间。

流行歌里也是这样的。田震唱“朋友你今天就要远走，干了这杯酒”，林子祥唱“每一个晚上，我将会远望，无涯星海，点点星光”。然后我们就真的以为，以后的每一个夜晚，都可以占据对方的思念。好好地告别一声，意义就在于，对刚结束的那场相逢，做一次盖棺定论。

有时也想，对于这一声告别的看重，是不是也是一种贪心，起码是一种偷懒式的人际关系，仿佛没有了最后的总结性发言，前面的过程和细节就性质不明了。之前和之后的努力，都是空虚。

寺庙里的方丈说那个香客的故事，我隔空感到那个香客的痛切，但是方丈说，释迦牟尼出家的时候，也是翻城墙而出，不辞而别的。

这让我想起凡人对死别的理解。人是有限的，无论怎么样做都是有限的，而死亡却是无限的。庄子说，以有涯随无涯，殆矣。

人是多么热爱追求圆满的生物，对，完形心理学。“如果能活到孙子上大学，人生就圆满了。”“如果能生个儿子，人生就无憾了。”“如果可以去趟美国，心愿就完结了。”不告而别之难，皆因它提示着最尖锐的不圆满。

老想起电影《黑暗中的舞者》中塞尔玛在眼睛瞎了之后唱的那首歌：

谢夫：那么你看过中国吗？看过长城么？

塞尔玛：长城确实很伟大，但我小小的屋顶没有坍塌，这也很伟大。

谢夫：你还没有看过尼亚加拉大瀑布。

塞尔玛：但我见过水。瀑布不就是水吗？

塞尔玛作为一个盲人，她在这首歌中表达了她对人生的残败的理解，人是生而残败的，没有圆满可言，并不仅仅是那些不告而别的人独有的苦。

朋友老邓讲述过他对死别的理解，他说，死去的亲人以活着的亲人为殿堂，活着的亲人怎么活，死去的亲人就怎么活。这句话，一开始我把它理解成一种愿力，但是琢磨久了，我觉得它是一种修炼。

修炼中的人，不应该把死亡当成一段关系的结束。我们其实是有责任把一条路走通的，一个人走，但担负的却是两个人的相知——另一个人是逝者。这并不单是对自己的责任，也是对逝者的责任。是在各种无果而终中，自己修炼出结果。

其实我只是想把这些话，说给那个寺庙里陌生的香客听。

庸才做什么都要结伴而行

我们楼下的广场舞正在如火如荼进行中，一会儿是《火火的姑娘》，一会儿《今夜舞起来》。由于我是个很随和的、很能抗干扰的人，基本可以闹中取静。但我妹就不行了，她抓耳挠腮地从房间走到阳台，又从阳台走到书房，在大妈阿婶们一会儿拍手一会儿跺脚的全情投入中，她到微信朋友圈里发了一条信息："如果我将来有一天也加入广场舞队伍，你们一定要把我拉回家！"可是她有几个朋友马上留言："我们已经是队伍中的一员了。"

我也觉得我妹太不合群了，等我老了，我就愿意加入这支队伍中，白天一起吃喝玩乐，晚上一起跳舞，多么充实的老年生活。——神一定是听到了我的心声，于是派人来提前让我感受广场舞蹈队的气氛。这是两位邻居大妈，她们在公车上一路愤愤然地讲述两支广场舞蹈队争场地、争演出机会的内幕，听到最后甚至发现两支舞蹈队由于男队员紧缺还在争老头，几乎可以写个电视剧呢。

我再次感到，集体就是江湖，集体就是力量。据说这几年广场舞之热门，到了有人用"社会洪流"来形容之的程度，据说有华人舞蹈队在纽约布鲁克林日落公园遭到附近居民报警，原因是扰民。——对，很多人都对广场舞队员的扰民提出批评，但我觉得广场舞之所以会成为“社会洪流”，还是出于人对集体的依赖。

一个人默默地绕着墙根跑步难道不能锻炼身体？但那有什么乐趣呢？

对集体的需要是一种很奇怪的情绪。谁都知道在集体里会有争风吃醋和钩心斗角，但仍然需要这个集体，仿佛是为了身处人群之中的安全感。像跳广场舞的大妈们，她们在团队中，有付出、有摩擦、有展现、有交流、有比较，一颗老心，得到多少滋润，真的不是锻炼身体那么简单的事。

我斗胆猜测，传销集团之所以能如此大规模地洗脑成功，很大一部分原因也是利用了其成员的集体依赖症。绝大多数人认为，加入传销组织的人纯粹是出于财迷心窍，慕容雪村就此题材写过一本书，详尽描述了传销人员的贪婪和愚蠢。

对钱这件事，我的看法是，如果你直接给我一百万，我当然太愿意了。但如果你给我画一个饼，让我背井离乡呆三年然后再给我一千万，我觉得正常人都很难答应。这个事情如果只用贪婪和愚蠢来解释，始终还是令人困惑，那么多形形色色的人，怎么会不约而同、如有神助地蠢成那个样子。

前年，我就目睹了身边朋友被卷入传销组织。多年老友，知道她绝非被钱冲昏头脑的人，再说，她原来的工作收入不低啊。据说她们的团队里，像她这样的案例也不少。最令我感到意外，也与慕容雪村所写略有不同的是，她们那一堆人，在传销窝里面，心情很好，完全不苦逼，半年胖了十斤。

他们三餐都有限定的消费价格，吃得肯定谈不上多好，胖起来的这十斤，完全是拜找到组织、心情愉快所赐。

传销组织的每个成员，都背井离乡，与各种随机分配的事业伙伴，出于“同一个梦想”住到一起。每天过着纪律严明、同吃同住、朝夕相处、与外界极为隔绝的生活，马桶里煮对虾，臭也一起，烂也一起。“外面”社会对他们的负面看法，却使他们尤如众叛亲离的爱偶，越发相依为命地团结。

他们告诉每一个队员，我们干的是一件正确的事，只是由于这样那样的原因，不得不忍受各种委屈和误解，这正是考验你心性和智力的时刻。总有一天真相大白，那时，你受到的苦，都有加倍的甜的回报。只要想到这么悲壮的事实，每个传销人员，心里仿佛都有一双泪水模糊的眼睛。

在传销组织中，所有的队员（也称事业伙伴），都是相亲相爱的，充满了各种人际美好。前辈们，也就是上线们，最常说的、最为骄傲的一件事情就是，“在这里”，人际关系的单纯和美好。“为什么大家能这么单纯呢？因为在这里没有利益的竞争，大家都是为了同一个目标走在一起。”

我想，人们在判断传销的魔力时，也许忽略了这种集体生活的蛊惑。“在这里”的很多人，也许都在“外面”感受到单枪匹马的孤独和空虚，或者内心依赖集体但又感受过被集体排斥的痛苦，感受过求而不得的失落。

法国心理学家勒庞在著作《乌合之众》中指出，群体中的人大脑功能是处于停滞状态的，最活跃的是脊椎神经，所以群体行为有着惊人的一致性。

他提到一个心理学实验，心理学家达维曾经将一群人召集在一起，甚至包括英国最著名的科学家，他让这些人亲自检查了实验所用的物件，并按其自身意愿做了标志。然后，达维先生当众演示了一场灵魂现形的过程。最后，在场所有人都认为确是灵魂现形，但实际上，这只是达维先生的简单骗局。勒庞说，这就是群体中的“智力泯灭”，即残存的智力品质被反噬。

所以，在集体中，你是否能相信自己？这件事，比当你孤单一人时，更有难度。

容我武断地得出结论，对集体的依赖程度与智商是成反比的。因为在集体中，人通常只能表现平均值的智商，为了与其他人取得对话和沟通的方便，往往是“就低不就高”的，因为“低”可以就，而就“高”则心有余力不足。这个过程，任何有创造力、珍惜创造力的人，都会本能地感到集体的扼压。

高智商的人都是只身来往、事了拂衣去的，庸众才是上个厕所也要结伴而行，浩浩荡荡。

但是，也有人通过人与人之间的互相鼓励、互相感动而获得成就感。我那个加入传销的朋友就是如此，她迷恋于为他人付出、为集体牺牲的机会。据说，他们集体迁徙时，有先驱部队先到一地，吃方便面睡地板，身体不好也跟着装修工一起加班加点，只为大部分的其他队员可以准时进驻。她觉得这非常感人，她爱这样的集体。

一个人如果把成就感，寄托在感动他人或者被他人感动之上，那实在太危险，必定要出事。感动这东西，听着是很好，但在生物学上，一个热泪盈眶的人，又能有多少余力去思考真相呢？看到真相、反高潮都需要非常尖锐的判断力，而鼓吹美好、渲染感动则多么容易，简直只需要肾上腺素。

人在很多时候，都不如王小波笔下那只特立独行的猪。王小波说，他活了四十岁，除了那只猪，还没见过谁敢于如此无视对生活的设置。“相反，我倒见过很多想要设置别人生活的人，还有对被设置的生活安之若素的人。”王小波说的可能还是客气了点，还有一些人，被设置了之后不但安之若素，还深为感动。

集体的可怕，除了前面所说的“智力泯灭”，还在于它的“暴力性”。就像勒庞所写，独立的个人绝没有勇气去洗劫一家商店，但是群体则不然，群体是没有负罪意识的，群体“天然合理”，他们的数量决定了这一点，数量就是真理，当群体中的任何一人融入其中的时候，他就会感觉到自己的天生正确和合法，并意识到这群体的绝对数量赋予人的力量。

——这不仅能解释很多传销分子在加入传销组织之前，是极为老实守法甚至善良懦弱的人，也能解释广场舞蹈队在广庭大众下喧嚣时毫无不安。

勒庞刻薄但又无疑很准确地说，假如我们把不计名利、绝对服从、勇于献身真实或虚假的理想算成美德，那么毫无疑问，群体必定是最具备这种美德的人。在这一方面，群体中个人所达到的水平，即使最聪明的哲学家也难以望其项背。

话说回来，跳广场舞的大妈和搞传销的人群肯定不能相提并论。除了高智商的独立知识分子以外，有集体生活的老人，绝对要比没有集体的老人快乐，他们年轻的时候就是普通群众，老了以后只求健康长寿，谈独立精神与对集体的反思这件事太不现实了。除开扰民这个因素，广场舞还是利大于弊。

活在世上也没有谁能真正脱离了集体，我也曾经对我身处的某个集体有很深的感情。但是，我知道这些感情是生活的最外层，与心智无涉。从广义来讲，所有的人类就是一个集体，身在其中的任何一员，都无法狂妄地说：我不需要集体。“任何人的死都损害了我，因为我与整个人类相关。不需要知道丧钟为谁而鸣，丧钟就是为你而鸣。”即使我此时写文章反集体，又何尝不是希望这些文字，能影响一点点的人群，而我所期望的人群，又何尝不是一种无形的集体。

你是否参与过集体的恶意

有不少作家曾在作品中描写来自人群的恶意。比如严歌苓有一个短篇叫《耗子》，写到在一群漂亮活泼的文工团女兵里面，有个女兵叫黄小玫，有不少小毛病，邋遢又虚荣，还爱撒谎，种种原因使黄小玫成为女兵集体轻侮的对象。甚至连黄小玫自己，也成为她们的帮凶——每次面对其他女兵的捉弄，她便又赖皮又轻贱地笑个不停。她急于与别人结盟，所以倍加配合地把自己变成被取笑对象。

黄小玫有个悲剧下场，她最后疯了。也许实际生活中，少有冲突这么激烈的悲剧，但很多集体，都会天然地汰选出一两个被排挤的人物，她们没有黄小玫那么明显的毛病，她们甚至完全没做错什么，只是因为笨拙、内向，甚至只是出现的时机不对，便成为集体恶意的倾斜对象。

绿妖的小说集《少女哪吒》中有一篇《寻人启事》，就写到两个被集体排挤的人：李小路和赵海鹏。赵海鹏是因为结巴，李小路呢？“我试图混进人群，但我惊人的笨拙成为所有女生的笑柄。我跳皮筋、踢毽子都不行……我额头好像有一行隐形大字，写着‘请来欺负我’。从小学到初中，我总是轻而易举地成为班里最可笑、最笨蛋、最没有朋友的人。

不光因为我戴眼镜，我是二饼。时至今日我仍没弄明白，但现在我知道人是有恶意的，这恶意总要去向一个地方，像水往低处流，我就是人群中的洼地。赵海鹏身上也有那行字。”

是的，李小路比黄小玫更无辜，也更常见。在我的成长过程中，就遇过不止一个的李小路，或者说，我怀疑自己一个不小心，就会成为李小路，在这种可能性发生之前，我得加倍小心。

小学快毕业的时候，我们班上来了一个插班生，因为是新来的，她的一切被挑剔的眼光放大，包括她带着某乡特有的语音和用词习惯。人们传说她因为父母离异而转到我们学校，传说她因为妈妈不要她了所以长了满头的虱子。我们害怕被传染虱子，其实是害怕被传染她的孤立无援。所以我们参与这些传说，在交头接耳中爆发出同盟者的欢笑。

那时候上体育课，经常需要两人配合，做一些仰卧起坐之类的活动。一般来讲，都是由队伍相邻的两人一组。所以，站在这名插班生旁边的那名女生，一到需要合作的时候，就会各种找借口，有时不舒服了，有时想休息了，如果不得不勉强完成动作，也一副不情不愿的态度，担心过于合作了，会跟这名插班生一起，成为被嘲笑的对象。

幸运的是，我们体育课排的队伍经常调整。不幸的是，有一次，排在这名插班女生旁边的人，是我。

那节课是二人三足的比赛，我多么喜欢这个比赛，可是我要和这名插班生搭档，与这名传说中满头虱子、谁靠近她谁就会被嘲笑的女生搭档。

以前经常有人会换搭档，比如要好的朋友私下互换，但是我知道，没有人会跟我换的。

沮丧的心情让我磨蹭，磨蹭，我的搭档没有催促我，似乎知道这磨蹭的意思。最终，我们的各自一只脚还是被绑到一起，跌跌撞撞向前冲，结果我们竟还赢了。

阿弥陀佛，我没有受牵连被孤立。但故事没完，后来，我在课间收到这个插班女生的小纸条。那时候女孩子之间流行传递小纸条以表示友谊，具体内容不记得了，具体内容也不重要，不外是想成为朋友的意思。我忙不迭地、不屑地把那纸条扔了。我把这当成一个笑话告诉了我的朋友，于是她更加成为笑柄。

谁都可以自诩善良，事实上，人性的势利，我不止一次地在自己身上感到。而且，我也可以肯定，很多人都会像我那样。人们需要抱团，因为集体才安全。排挤同一个人，可以使一个小集体更有向心力。是的，我们也许不会主动去伤害一个弱者，但是以强者的意愿为圭臬、向强者示好，却是本能。

上面的故事发生在小学快毕业那一年，当时我们还算是孩子。但孩子的世界像浓缩的成人圈子，事实上，直到上大学甚至参加工作的初期，我都看到过类似的情况。可以说，哪里都有黄小玫，哪里都有李小路，哪里都有插班生，即使本来没有，也会被创造出来。

现在，因为没有任何集体生活的缘故，便忘了这些事了。但是某天，在微信上看到一篇流传甚广的文章，标题叫《圈子不同，不必强融》。实话说，在这篇文章中，我又看到了那种似曾相识的集体的恶意。

文章讲的是，在某公司，一个叫 SUNNY 的人刚从毛衣组调过来，她向这群新同事不断示好，吃饭时帮忙订团购，说到周末聚会也主动插嘴，但是她往往热脸贴了冷屁股，大家会因此中断话题，还觉得她莫名其妙。她在别人的微信朋友圈里总是评论，但是她们组的同事从没有人回复她，甚至于旅游时分房间，与她分到一组的人要求重分。这风声传到 SUNNY 耳里，她只好找个借口不参加了。

对这样明显的集体恶意，文章的作者竟全无谴责之意，反而借文中一个叫“王爷”的同事之口，说明了 SUNNY 不值得同情：“可怜吗？她是把社交友谊看得太廉价了，哪能吃吃喝喝、随便搭搭话就和别人成为朋友呢？虽说感情的事，要付出才有回应，但是付出之前如果连对象都不看，那就是自讨苦吃。”

看之心寒。SUNNY 完全没有做错什么，她只是急于融入集体，以致没眼色，她忍受不了孤独是一种软弱，但忍不了孤独就要被恶意对待吗？一个人再不可爱，再不识趣，她的付出也应该被礼貌地对待，而不是集体排挤之，更不是对这种排挤理直气壮。再说，SUNNY 之所以被恶意对待的根本原因，不是因为她不可爱，而是因为在集体中，她是弱的那一方。

所以果然，这个 SUNNY 后来在这个组呆不下去，想办法外调，并很快地成为主心骨。当她作为海外事务所代表回来的时候，以前那些同事，突然都拥上去问东问西，好像迎接归国友人一样了。此时，仍然是这个“王爷”，再一次提出了她的见解，无非是说“朋友不可强求，没有朋友时要耐住孤独静候”之类。

第一，我看不出这样的集体抱团，如何能称得上“朋友”。第二，我也看不出为什么这些同事的恶意，可以成为一种“天然合理”，可以被振振有词地复述。这种“弱者就应该被鄙视”的心态，被很多鸡汤文热捧，令人觉得心寒。

在刚刚过去的七月，有一大拨年轻人踏上工作岗位，成为一群陌生人的新同事。不知道在他们之间，会不会出现一些SUNNY。而还有另一大波更年轻的人，则在即将来临的九月，到一所新的校园去，与陌生的同龄人度过朝夕相处的四年。这些即将处于各种小集体的年轻人，也有可能遇到以上我叙述的那些事。如果要利用一下“过来人”的身份，我能想得到的是：永远保持自省，尽量争取强大。保持自省，是尽可能对自己的恶意有所觉察。而争取强大，是因为——

真正强大的人，不会轻易鄙视和轻慢他人，鄙视和轻慢都是暴戾之气，是对主流的取悦。真正的强大是自由，既不需要集体给你安全感，也不害怕孑然独立。

奴役才是生活的唯一法则

绝不是只有懦者弱者才受奴役，强势者所受到的奴役之苦更甚更多，并因其不自知而更加难以摆脱。诗人佩索阿说，奴役是生活的唯一法律。我们所有的人对自由怯懦的爱，是无可辩驳的证据，证明我们的奴隶生活是如何与我们般配，因为一旦自由降临我们，我们全会将其当作一件太新鲜太奇怪的东西而避之不及。

认识一些工作狂，有的十年来不曾离开广州三天以上，原因无他：唯有坐在自己的书桌前才觉得自己是自己的国王，唯有像苦行僧一样生活才令他感到心有所属。但是像这样的人，他的家人、朋友，听到这种奇异的生活方式的第一个反应是：你过得太苦了。

他深感人们想象中愉快的生活惯有的模式，配备了常规化的和适量的休闲项目，配备了常规化的人伦享乐。而与此相反则是苦的。事实上这并不奇怪，在关于剩女之辩、单身之辩的过程中，我们已经见识了太多这种思维。前面我所提的这位工作狂，所过的生活只不过是他个人适合的方式，像为自己关节粗大的脚选择一双非常规的鞋子。他的选择甚至谈不上像哲学家西蒙娜·韦伊的禁欲主义，“她煞费苦心的自我弃绝，她对磨难的不知疲倦的追求，她身体的笨拙，她的偏头痛，她的肺结核”——不，没有那么高大的意义，然而仅就如此偏离常规一点点的生活，人们的想象力已经无法追上。

最不为人知的奴役恐怕就是思想的奴役，集体生活形成的桎梏环套在身，却毫无所知，自愿为奴，也许多数人是这样过了一辈子。

所以佩索阿说，我刚刚表达了我对一个木棚或山洞的愿望，希望在那里解除一切事物的单调，也就是说解除我之为我的单调，我真正有胆量动身去那个木棚或山洞么？单调一直存在于我的内心，我知道并且理解这一点，我是否因此就再也不能从中解脱？

如果我们能认识到为奴的处境，认识到我们时时受到思维之桎，身为单调之奴，那么活着这件事本身，也许可以变得更加容易，而非更难。

在这个没有战争的年代，我所认识的英雄，无非是敢于挑战单调的人。我所想象的伟人，无非就是敢于向生活的神秘性伸出手，表示友好而非抗拒的生物。他（她）没有恺撒大帝的威风，没有秦始皇或者比尔·盖茨的霸业，但是他在观念中轻松脱茧，在处处壁垒的生活中自由穿行。自由，无意于另一种特异功能。

这几年的生活于我个人来说，最大的清醒只是认识到奴役。我只恨自己得知这一点为时太晚。你要过什么样的生活，没有任何人能对此做出要求。在写作中，没有人能要求你哪些可以写，哪些不能写，这是一个写作者起码的骄傲的自由，你只需为“写得好”负责。在旅游中，没有人能要求你必须走哪条路，你只需要为“我能走”负责。但这一切的前提是，你必须足够强大，这必须成为你唯一的野心。低欲和高能，是我们获得自由的两大路径。

在平凡人的生活中，其实只有一种奴役是真正的、必然的、无解的存在——那是死亡的威胁，疾病的奴役。在这把永恒的达摩利斯剑之下，每个人都可能被选中，你将在黑夜中忍受着对死的恐惧，在药物、吊针、消毒液的气味中日复一日地向世界乞求：留下我吧。只有这是最根本的奴役，且无可逃脱。

那一天随时可能到来，在你无法割舍之时，或者，在你还没有准备好要割舍之时。唯有那时，你终将明白，以前理所当然的禁忌——或是观念的限制，或是贫困的困扰——都已无足轻重。每个人终将明白，生活中唯有这个奴役才是永恒的法律。

敢不敢骄傲地寒酸

我有几个特别要好的朋友，都有强悍的金钱观。吾友许多多，推崇亦舒金句“没有爱，有许多许多的钱也好”。她说人生的大部分事情都是钱可以解决的，而钱解决不了的则属于命运的范畴，操心不了。另一位朋友金山山，她的代表言论是：“事实上挣钱多少往往能看出一个人素质和能力的高低，你看任何行业只要收入高的，肯定吸引了绝大部分的聪明人。”

我觉得她们的言论既稳准狠又真实大气，自然是比虚与委蛇的假清高者强。但是我心里总有一点不安，起因首先是我很穷，按金山山的标准，属于能力不足的人群。但她要是看不起我倒也罢了，问题是她和许多多一样，对我有一种对自己人才有的担心。比如有时候我和许多多谈人生，说到兴起，她抽口烟：“纸媒都不行了，你有没有想办法？”她在烟圈后面忧虑地看着我。

“我有办法多赚点钱的！”我指天画地地保证，内心感到很温暖。自从我妈去世之后，我已经很久没有看到类似的眼神了。

金山山呢，有时候她会聊到谁谁生活状态窘迫，然后推人及己，一副后怕不已的样子，仿佛庆幸我们不至于此。我都不忍心把真相告诉她：其实我觉得我也和那谁谁差不多。

时代变了，谈钱不可耻，不谈钱才可耻。因为有可能是自欺欺人，有可能是无能，更有可能是虚伪。

不过，我最近认识了一个比我还穷，比我还寒酸的朋友。这件事，我认为值得写写，值得写的不是她的穷，而是她的寒酸。穷是一种客观处境，而寒酸则是一种生活态度。不，我想说，寒酸，这个表面看来被赋予贬义色彩的词，其实可以成为一种美学境界。

我们是在一个会议上认识的，称之为宋勇气吧。会议开了几天，昏昏欲睡，刚好手机信息一响，发工资了。我一看，“您尾号 ××× 的储蓄卡账户于 ××× 收到工资 3560 元，活期余额为 4850.24 元。”因为我们几天来常常谈论纸媒快死的话题，所以我顺便把这条信息递给旁边的宋勇气看，以做佐证。她看了很有同感地说，她的情况与我不相上下。为配合这窘迫的收入，我们进而比赛谁的生活状态更寒酸。

除了和我一样，用按键手机、出门尽量步行、不购物不饭局之外，她说她不打算买房。多少件衣服才能换一套房？于是我被打败了。四十岁、拖家带口的中国人，如你所知，几乎都把买房当成某种生活宗教，即使有房的也处于焦虑之中，事实上一套房都没有的人极少，而宋勇气显然对此深感坦然。瞬间，我感到自己变成了许多多和金山山，也开始在廉价茶水的水蒸气后面，忧虑而费解地看着她。

我问她：“你觉得自己是穷人吗？你怕不怕贫穷？”这个话题对于刚相识的人来说有点不礼貌，但考虑到我们谈话至此，已是同一条绳上的蚂蚱，另当别论。

她说：“谁真的不怕穷呢？如果家里人吃不饱，孩子读不上书，老无所养，还叫他不要怕穷，那肯定是不现实。但像我们这类人，生活是有基础品质的，有就业、闲暇、阅读、交际，孩子能读书，生病能看病，只是衣食住行都要节省，只能买必需品，不能买奢侈品，我们这种不是绝对贫穷，而是相对贫穷，所以，不害怕。”

“房子不是必需品吗？”我跟她确认。

“对，不是。”她说，“房子是这个时代的‘必需品’，不是真正的必需品，也许是经济的阴谋。”

涉及经济的话题有点超出我的智商，于是我停了下来。与其说我被她说的内容说服，不如说被她的态度折服。她咋能比我更不怕寒酸呢？她对贫穷的定义的底线，咋能比我还低呢？但我又隐隐觉得她有道理。事实上人们对钱的态度不但与欲望纠结在一起，还与“体面”纠结在一起。

有时候我们表面上害怕的是贫穷，事实上是害怕不体面，这是多数人不能欣赏寒酸的原因。

于是宋勇气还跟我讲到一件事。有纪录片讲到，法国有一批年轻人专门捡超市扔掉的食物吃，并计划这样过一生。这批人肯定不是乞丐，他们出于什么原因，有多种。有可能是反对社会浪费，还有可能，我猜是对“体面”这种事物给出一种嘲讽的定义。

大师和圣人，是属例外的人群。他们得到异于常人的标准，寒酸也好，贫穷也好，都天然地拥有了美学价值。然而普通人的勇气，比如那群遥远的法国年轻人，比如身边的宋勇气，他们对物质的低欲，对寒酸的坦然，则更令人起敬，也更值得玩味。我能猜测他们的后盾，那是物质无法否定的其他追求。而这就是生而为人最奇妙的所在。

在物质带来的匮乏感之外，他们早已有别的途径，可以获得更多的生活，像文学大师加缪所说那样去“生活得最多”。这个途径，也许是艺术，也许是孔子说的“道”，更可能是超出我们的想象力的，总之必定是人世间最有力量的事物——这些骄傲地寒酸着的人，他们拥有这种事物。

所以我重新想到孔夫子那早被我们耳熟能详的“安贫乐道”论。孔子和子贡交流金钱观，子贡说，贫而无谄，富而无骄，何如？孔子说，这样固然不错，但还不如“贫而乐，富而好礼者”。你会发现，其实子贡说的是行为修养的问题，是应如何对人；孔子的回答则比他更进了一步，他的重点从“行为”转到了“内心”，从“怎么对人”转为“怎么对自己”。

孔子的话中，最令人感动的是那个“乐”字。“贫而乐”之所以被强调，正是因为多数时候贫穷容易不快乐。

贫而乐的可能性，无非来自两种。一种是，他们得到关于幸福的更好的想象力，独辟了另外的蹊径，轻巧地绕过了物质的关卡。另一种是，他们无感于约定俗成的标准，不恐惧尚未到来，或许永不到来的贫穷，不预支尚未到来，也或许永不到来的艰难。

归根到底，我只是害怕我们还没有穷死，就先被对贫穷的害怕给吓死了。

思考人生如何成了件丢人的事

飞机上看到一个梁文道的访谈，他说不知道为什么文艺如今成为一个丢人的词了，大家都不敢承认自己文艺，比如窦文涛，明明最喜欢中国字画，不工作的时间都在家里看书，但是在电视上他说“啊，优衣库这个啊，我也想搞一个啊”，这样大家就说他是真性情。如果你真喜欢金文的书法，不能讲，一讲就是装了。

说文艺是个丢人的词，似乎也不是什么新话题了。我倒突然想起，除了“喜欢文艺”丢人，还有一个词也是像个笑话，即：思考人生。

这是因为，一些好词被它们的赝品给拖累了。真迹被市场上的伪造品毁了名声。

的确，好学、较真、努力、勤于思考人生，看起来姿态是不够漂亮。它们过于严肃，在这欢快的时代里显得笨拙又僵硬，还有点装。这真奇怪。在久远以前，不是这样的。那时人们特别以好学多思为荣，圣人孔子都说，十室之邑，必有忠信如丘者焉，不如丘之好学也。他多么自豪于自己的“好学”比“忠信”更加突出。他不但爱思考人生还爱跟人讨论人生，“可与言而不与之言，失人。”

常常觉得儿童与古人有相似之处。儿童也很爱思考一些严肃较真的大问题，我从哪里来，我死后去哪里，我们的生活公不公平，如此等等，还不分场合地发问讨论，要是录下来，也是文绉绉酸溜溜。儿童很少觉得自己的思考自不量力，也不觉得“想这些干吗”，他们觉得思考理直气壮。其实他们的思考没任何效果，既不能服务社会，也不是任何人要求。当然也不可能是装。

前不久看了小说《万物的签名》，书里的主人公阿尔玛就是这种勤于思考的人。她的思考同样显得笨拙（思考人生这件事，本身难免笨拙！），比如当她遇到她的男人安布罗斯，啊，她竟然没有办法直接与他乱搞，而是困难地、冒险地、注定失败地，向他的灵魂各种未知领域挺进：“安布罗斯，我有个可怕的习惯，凡事都要追根到底。”

安布罗斯与阿尔玛的脑袋中，有一种差异。安布罗斯相信神的启示，而阿尔玛信仰的是科学的证据。可是，友谊和爱使阿尔玛必须去了解这个与她绝然不同的大脑。她不停顿地想，不停顿地看书，不停顿地交谈，“安布罗斯，争论是我的第一个保姆。争论是通往事实最坚定的道路，唯有如此，才能对抗迷信的思考或是懒散的定律。”

这是很可笑的努力吧？一种完全不曾启动性魅力的爱情。可我很感动，不仅这样的人际关系（事实上，阿尔玛几乎与任何人的关系都基于她对对方无穷的探究和兴趣），阿尔玛整个人生都让我很感动。并非因为她做出什么感人的大事，而是，她如此笨拙地持续了一生的较真和思考。因为太爱思考，她的舅舅嘲笑着说：“我的天，孩子，你现在想当牛顿啦？”而她只是纠正着说：“我想要正确。”

为了不把这写成一篇书评，我要略过阿尔玛所做的事。重要的是，在她年老的时候，她认为自己是一个非常幸运的人。其实她的人生充满缺憾：没有性爱，没有子嗣，没有财富，唯一一次可能获得成就的机会，却因为她过于热爱思考而失去了。但是，她仍然觉得自己非常幸运，“人生是个谜，往往还是一种考验，可你若能在其中发现一些知识，你就应该坚持下去，因为知识是最珍贵的东西。能说这种话的人，都过着幸运的生活。”

这么一个人，听起来很迂是不是？尤其是对于成则王败则寇的人们来说，若她的思考不是为了某件成果，则更无聊可笑。可是，阿尔玛不会觉得可笑。她无暇顾及可笑不可笑的事。一个真正处于文艺中的人，不会觉得文艺可笑。一个真正处于思考中的人，也不会觉得思考可笑。文艺和思考本身，都是好东西，是让我们自己更快乐的东西。人们即使嘲笑，也远不足以抹杀其带来的快乐之万一。

然而回到前文，为什么“思考人生”会变成一句几近于笑话的话呢？我想很大一部分原因是出于人们的胆怯。我自己，和很多人一样，如果坦言思考人生之类，必用自嘲的语气，表达自知之明：我知道，我们一思考人生，上帝都笑坏了。

人们很难忍受自己思考之后得出昏庸的答案，也很难忍受另一个思考者同样昏庸的答案。既然如此，还不如用调侃语气来说，人生有什么好思考的，人生就是来吃喝玩乐的，人生就是用来虚度的。谁思考人生了，你才思考人生，你们全家都思考人生。

我们以不屑，掩饰笨拙和胆怯，以及思想的懒惰。

思考是艰难的。平庸的普通人类，无法求出生活中的无知面积总和。思考启动了对无知面积的探求，结果却往往无效，乃至平庸混乱。

思考也是可怕的。人可以结伴做很多的事，唯有思考，只能孤军奋战。思考势必会让你看清你是一个人——单独的，孤独的。而人们却害怕“自我”，害怕与他人不一样——这对于从群居生活进化过来的我们来说，是很危险的感觉。

正因如此，敢于思考、敢于坦言思考才更幸福。像阿尔玛那样，无暇顾及美丑，轻松超越烦琐，对丢人不丢人的完全无感。她的思考也很艰难，她不是上帝，上帝一定也为她发笑了吧。她为了啥呢？啥也不为，过程就是奖励。

好的事情，就应该像儿童般理直气壮。嘲笑的人，想必是因为没充分享受过这个奖励。然后，又因破罐子破摔，反而有了潇洒气概，成了英雄。

如何面对世间无解的恶

一连几天，一部名叫《更好的世界》的丹麦影片一直在脑中盘踞，片中提及一个问题：如何面对恶?

片中小男孩伊莱亚斯的父亲安东是一个医生，经常在非洲行医，度假才回到丹麦来。在这一次度假中，他们遇到一个很蛮横的修车工，因为几个孩子之间的小摩擦，修车工走过来，不分青红皂白就给了安东一个大耳光。

安东没有还手，伊莱亚斯看着自己父亲被人这样打了个大耳光，心里当然难过，但更难过的是他的朋友克里斯蒂安。克里斯蒂安当时也在场，他是一个刚失去母亲的男孩，对自己的父亲有一股难言的怨恨。克里斯蒂安对世界的理解与伊莱亚斯不同，他无法忍受这尖锐的不公平与屈辱。

于是他想方设法搞来了那个修车工的工作地点，交给了伊莱亚斯的父亲安东。安东想了想，便带着伊莱亚斯和克里斯蒂安，来到修车工的车间找他，他对那个修车工说："我并不怕你，但孩子们看到了你打我，他们很生气，所以找到你工作的地方。我想你当着孩子们的面给我们一个解释。"那个修车工哈哈大笑地说，解释，哈哈。他举起手来，又给了安东一个大耳光。

这是一种毫无根据的恶，它的立场几乎谈不上为自己获益，纯粹是一种没有理由的张狂。但是安东还是没有回手，他在小男孩们震惊和愤怒的眼神中退出车间，然后告诉那两个小男孩，你们看，没事的，我并不怕他，我没有失去什么，但如果我回手，我就成了和他一样的傻瓜，是他输了，我没有输。

克里斯蒂安完全不能理解，他叫起来："不，他根本不认为自己输了！"影片在这里淡过，安东没有多做解释。事实上，我七岁的儿子看到这里，也与克里斯蒂安一样激动和愤怒，他实在看不出在这样直观的屈辱中，安东的退让有任何说服力。

孩子认为公平是世界上最重要的东西，我试图说服他：如果狗咬了你一口，你为了公平起见，也去咬狗一口，那么你岂不变成了狗？所以，正确比公平更重要。

但是，我很快意识到自己这句话存在严重的问题。首先，什么叫正确？正确往往是立场的问题，站在狗的立场，狗就是正确的。其次，正确真的比公平更重要么？报复的本能难道不正确么？何况对于一个孩子来说，与他谈正确，已经是太不正确了。

我知道这是一个必须解决的问题，我们每个人都会面对各种无解的恶，比如我在老家医院时经常遇到有人在非吸烟区抽烟，劝阻不但无效，还会被对方用阴鸷的眼神威胁。而如果是孩子的世界，各种恶则更加密集。他们会有不加掩饰的势利，会热衷于集体排斥某一个人，他们因为天真而更恶。在《更好的世界》中，小男孩伊莱亚斯就因为自己是瑞典人的身份而一直受到一群同学的欺负——据说丹麦是全欧洲最排外的国家——他们的欺负带着娱乐的成分，什么也不为，就只为了看到一个人像耗子一样四处逃窜的可怜劲儿。——这就是很多人会遇到的恶，与安东所受的那一个耳光性质相同：它的严重程度绝对构不成动用司法，但又足以损害你的生活。

怎么办呢？安东的处理是主动从这个恶的链条中退出来。他的行为不能治愈恶，但对于这个链条本身算得上是一种纠正，几乎堪称善行。

生活中，最需要厘清的是善行和懦弱的界线。善良看起来与懦弱长得太像了。实质上，真正的善非但不是懦弱，相反，比报复更需要勇气。

论述为善的意义很困难。《孟子》中有一个令人迷惑的故事，舜受到了弟弟象的几次欺凌、暗算，最后一次，象把他推到陷阱里，唱着歌回到家，回到家里赫然看到不知被谁救回的舜正坐着弹琴。象很慌乱，但舜只是慈爱地说，象啊，哥正需要你帮忙打理家业呢。孟子说，舜当然知道象要杀他，但他是“象忧亦忧，象喜亦喜”。

你看，这比安东的选择更加无底线。首先舜凭借什么逃离象的杀害，其次舜的宽容所凭借的又是什么？对于这个故事，李敬泽如此解读：“善不会向你应许任何现世的利益，善不是一个有关获取的故事，而是关于舍弃，善之艰难，尽在于此。这是人类普遍的痛苦和困惑，孔和孟都未能给出有力的解答。”

李敬泽的感慨自然也不能作为解答。圣人孔孟也说不出为什么要坚持善，凭什么要坚持善，因为这本身就不是一个“有好处”的事情。所以，在这个问题上，我基本放弃说服孩子。但是有一次，我注意到他们的一类冲突。

那是在他们期待的某次外出之前，两个孩子因为抢要一个水壶，一个先动手打了另一个。另一个马上还手，还手又引起对方再还手。这个时候大人有很多办法可以劝阻，但我觉得由大人干预剧情可能于教育无益，我想让他们看到最坏的结果。于是这两个不懂舍弃的人使剧情进入循环，这就是战争的链条。最后翻脸，这场外出也被取消。

虽然孩子的这类战争完全谈不上善恶，但它起码能以孩子的形式说明，以牙还牙绝不是解决问题的办法。以牙还牙从情绪上讲比较解气，但同时把自己搭进去了，等于被对方所挟制。

生活中，我们遇到的大恶毕竟很少，但会遇到不惮于用最大恶意去揣测别人的人。

这种情况在年轻时遇到的多一些。年轻时会遇到不得不打交道的但又对我怀有敌意的人——走神被解读为傲慢，坦率被解读为炫耀，友善被解读为讨好，——于是，我为此飞快地怒不可遏，而且习惯性地，一见到对方，就调整成一个同样敌意的频道，在每句无关紧要的对话中寻找可以反攻之处。我像一只辛劳的跳蚤，在与之每场言语交锋中愈战愈勇，不为人知地累成一团。

某次福至心灵，忽然意识到，我这是替对方给自己补刀吧？因为我把自己降到与对方一样的阴暗中，我损害了自己的心智。如果万一在这样的斗气中，这类思维方式也慢慢变成我的习惯，那么，我的损失岂不是更加巨大？为什么要付出这样的代价呢？

别人认为你是一个坏人，你干脆就做了一个坏人？在以牙还牙的回击里，你搭进了自己。

对，“把自己搭进去”，这就是恶对自己最大的伤害。坚持善意也许没有好处，但却能避免这种坏处。如果安东回击，给那个粗鲁的修车工来一个大耳光，他们很可能扭成一团，最后一拐一瘸两败俱伤地回家。但这之后，还面临另外两个恶果：第一，安东的孩子将认为回击是唯一办法；第二，他必须不断地更强、更壮，因为他不能保证每次都赢，但他更强、更壮、更厉害之后，还是有人比他更强、更壮、更厉害，他还是随时会被打。

很久以前，看到吉田兼好的《徒然草》中的一段话，他说到有几种朋友不可交，前几种我忘了，都是在我们比较正常的思维中，最后一种很有趣，是“身体强壮，从来不生病的人”。这个说法因为特别，所以令我记到现在。我想，吉田兼好何有此论，原因大概是，过于强壮从不生病的人没有体会过无解的挫败感，他们往往会非常信奉弱肉强食的生物规律，他们把力量奉为圭臬。

弱肉强食虽然是人类本能，但本能也不是全部。按这规律，弱者没有生路，弱者可以去死。如果这是唯一规律，人类便一直在进化中，那么我们每一天都拥有一个比昨天更强更好的世界。但事实上我们有没有拥有一个更强更好的世界？大家对此很迟疑。

然而，我也绝不认为退让是面对恶的唯一办法。对于“恶”本身，退让不能治愈它，更可能纵容它，激化它。我的朋友与我同时看了这部电影，她和我儿子一样，倾向性也在那个孩子身上，她认为惩治纳粹行为就是电影中小男孩处罚修车工的行为的放大。她说不能因为害怕恶行会循环就放弃惩治恶行，因为即使放弃，恶行仍旧会循环，就像壁虎的尾巴，断了又会长出来。

简单地说，认㞞既可能把事情敷衍过去，也可能令对方变本加厉，情况千变万化，随时有异。所以，面对恶，绝没有最好的办法或者唯一的答案。我赞成朋友的说法，是生存这件事让人类变恶，坏念头和坏行为都有复制性，恶不可能消除。我只是从自保的角度，提出自我消耗较小的一种思路。它是自保，但它对于恶的消除本身并没有任何作用。事实上,也不能指望能像消毒那样去消除恶,因为那样之后完全不存在生活。

我懂你，不解释

以前读鲍叔牙和管仲的故事，除了脑补鲍叔牙有一副龅牙之外，是佩服他的无私。我想任何人都想要这么个朋友：他和管仲合作做生意，管仲出资少，最后拿的分红却比鲍叔牙多，鲍叔牙说："管仲家里穷，他比我更需要钱。"他和管仲一起去打仗，管仲冲锋时跑在最后面，撤退时却第一个跑，鲍叔牙说："管仲他爸死得早，他怕他自己死了之后，老妈没人养。"

鲍叔牙，真的很像王尔德童话《忠实的朋友》里的小汉斯。小汉斯也一直是个冤大头，一直被他"最好的朋友"磨坊主所利用。磨坊主不断地赞美小汉斯，告诉他自己有多么珍惜他的友情，在这样的赞美中，小汉斯被迫走上神坛，神坛上去容易下来难，后来，他被磨坊主给累死了。

管仲却不是磨坊主。上面这些事是管仲自述的，一般人，像这么不要脸的事情，哪怕做得出来，也不好意思记下来。即使记下来，也要解释几句，表示不得已而为之。但管仲却没有，从战场上逃跑之后，他也没有回家写一篇"那一刻地动山摇"。

所以，重读的今天，对这个故事的兴趣点，从鲍叔牙转到了管仲。我开始觉得管仲的不解释里面，别有意味。鲍叔牙的理解，表现了友谊的境界，而管仲的不解释，则表现了友谊的另一种境界。

语言能对这个世界描述的部分太少了。在人们的情感世界里，难以说出口的那一部分正如海水下面的冰山，但那一部分，并不只是委屈和痛苦，有时候，也是喜悦和感激。不向别人传达，是不能，也是不为。这一部分，鲍叔牙和管仲都有，他们绕过语言达到了相知。

最高的相知不需要解释，有些时候，非但不需要，甚而忌讳。解释钝化了彼此的默契，矮化了情感的高度。

因为相知是需要冒险的。这个冒险，对管仲来说，是分红更多、战场逃跑，而它们的赌注是，鲍叔牙是否懂得。

古人说投桃报李，《诗经》中却有一个更高的境界："投我以木瓜，报之以琼琚。"因为琼琚比木瓜贵重太多，这样做就不单单是礼尚往来了，这是"匪报也，永以为好也"——这不是回报，这是为了要与你有永远的情谊。

但还有一种可能是："投我以琼琚，报之以木瓜，匪报也，永以为好也。"你给我琼琚，我回报了木瓜。既然物质不重要，那么木瓜和琼琚，又有什么所谓呢？只要我的情意你知道，即使我连木瓜都不回报，同样也会永以为好。

我们习惯于景仰鲍叔牙，事实上正是管仲的不解释成就了鲍叔牙。

管仲的存在告诉我们一种可能，在人世间存在这么一种“摘人法”——不懂的不必懂，解释毁相知。

曾经读过一段文字，一直念念不忘：我以为自己有多了不起，别人若看不到我的好处就他妈的统统混蛋。打比方说，我上街从来不梳头，不洗脸，不择尽全身的线头，不擦皮鞋，不管裤子上的泥……

我理解这种放弃。我们是在放弃中获得更珍贵的事物的。

向死而生——探测悲伤最深的底部

Uxbal，一个被医生告知只有两个月寿命的中年男人，有一个患狂躁症的前妻，一对年幼的儿女，一份窘迫的收入，一个危险的工作。这是一部叫《美错》的电影，饰演 Uxbal 的西班牙演员巴登因这部影片获第 63 届戛纳电影节最佳男主角。

其实，草草复述这个情节，并不能传达其悲哀氛围之万一。写濒死之人的故事，并不仅只这部电影，同样这个题材，也可以拍得很励志，很正能量，比如一部叫《遗愿清单》的好莱坞片子。

影片讲述的是两个得了绝症的老头，一个是穷而博学的黑人，一个是孤独的富豪，他们治疗时住在一起并成为朋友，各自开了遗愿清单，决定在死去之前逐一满足。

富豪老头拿出了他的便利，他们结伴周游世界，挑战极限，终于在生命最后几个月的时间里，先后实现了自我，其中还伴随着富豪在黑人朋友的帮助下与女儿重归于好的这类感人桥段。——那真是一个励志故事，所以它仅仅是一个“故事”，谁都消费得起，谁都不会在其中耗能，细想之下，却几近滑稽。

现实中，得病将死的人，以我身处的阶层所见，既没有一掷千金的便利，也没有与富豪成为生死之交的运气，更绝望的是，至亲之间的嫌隙也无法因为死亡来临而真正冰释，疾病也并不具备解冤释结的特权。现实总是，当你屋漏，便连遇夜雨，正如《美错》中的 Uxbal。

Uxbal 是一个面无表情的硬汉，但是地球上没有什么东西比他此时的牵挂更重了：神经质的母亲随时会殴打孩子，孩子们随时会流离失所，托付的黑人妇女拿着他的钱在他临终前远走高飞……以后还会有多恐惧，这个世界会怎么对待自己的心肝宝贝，而这一切，都是他造成的，因为他把他们带来，未能安顿好就得离开。

如果他念过东方的经典，会知道“生活是你安顿好之后发生的一切”。但是知道这些都没有作用，正如他在化疗之后蹒跚着去找他的朋友 BEA，他说，我放不下我的孩子。BEA 安慰他：宇宙会帮你照顾他们的。Uxbal 说，可是宇宙没法帮我交房租啊。

电影中，Uxbal 的职业是通灵师，这是令人困惑的安排。如果知道人有灵魂，对于即将死去的人，到底是安慰还是更深的恐惧呢？如果死亡意味着一切都消失，意识也消失，没有灵魂也没有物质，没有惦记也就没有苦痛，那么死亡也将是解脱。但假如有灵魂，死亡则不是结束，忧虑还将继续。

但导演仿佛还嫌不够苦楚，Uxbal 好心帮工人买的暖气居然出了事，二十几名中国工人一夜殒命。这是因他而起的灾难，他极为痛疚，想与这些灵魂对话，可是无法联结。可以想象，对于将死的人，这是多大的刺激。

那么命运为什么要选中他呢？他有同样的疑问。他对朋友 BEA 说：“为什么偏偏是我？难道我做错什么了吗？”有时候，我们会用这样的思路来安慰不幸的人，——想想那些比你更不幸的吧，命运并不只是选中你一个人啊。

几年前，我母亲医治癌症的时候，朋友介绍我们参加一个团体，想在医学之外得到一些力量。在那里认识了各种患病的人，有个与我同龄的少妇，她每次都带着女儿来。刚开始我以为她是患者，后来她告诉我，患者是她女儿，那个可爱的五岁小姑娘，肚子里有一个恶性肿瘤，而且这么小的孩子癌细胞扩散起来会比成年人更快。

那个小姑娘十分可爱，胖乎乎的，但很快就将急剧消瘦，孤独地躺在 PET-CT 的检查舱，孤独地被推进手术室，孤独地关在 ICU，孤独地忍受各种剧痛。她那么小，不懂得发问“为什么是我”这个问题。她也许因此恨她妈妈（因为是她妈妈带她来的，是她妈妈把她送进各种可怕的仪器，而且在她剧痛时她妈妈束手无策）。她妈妈得全程忍受这一切。

一切结束之后，这个年轻的母亲在 QQ 上给我推荐一本书叫《最后十二天的生命之旅》，是一本法国小说。里面有这么一段话：

“上帝为什么要让人们生病？要么他很坏，要么他不够机灵。”

“奥斯卡，生病跟死亡一样，都是一种现实，而不是一种惩罚。”

“不，你不明白，很明显你没生病。”

“你怎么知道呢？我们某一天也会死去，孤独地死去，带着巨大的遗憾，没能跟唯一的孩子好好相处……”

但她的孩子太小，小得无法理解，在一片不理解中离开。这是肉体和精神的双重痛苦。如果能像《遗愿清单》那样，疾病能够变成理解的触媒，使即将失去彼此的至亲在各种恩怨中被赦免，那么多少是种安慰。可现实却是令人绝望的，疾病永不能成为一种赦免。

事实证明，看到别人的不幸并不能减轻自己的苦楚，不幸之间是没有可比性的。

悲伤是事件发生过后的涟漪，是人们急于抹杀的事物。人们总是说，活着的人最重要的是好好地活下去，好好活着比什么都重要，被命运打击之后，不要再被悲伤打扰。

但那个小姑娘的母亲一直在阅读很多相关的书和故事，我想她会羡慕那些表达出悲伤的人。

除了那些我们无缘攀比的幸运儿，世界上还有三类人。一类是，他们不知道悲伤可以达到的程度，这未必是因为他们特别幸运，而是因为他们的性情，他们很可能也不知道快乐可以达到怎样的程度。就像扎一个猛子潜水时，他的肺活量只够潜到这样的深度。

第二类人是，他感受过至深的悲痛，或者心里正藏着这样的悲痛。但他藏得很好，假装已经忘记它。这一类人走在路上，面目平静，生活完整无缺。假如悲伤是一只沉睡的野兽，那么他们的愿望是，永远不要惊醒它，它一旦醒来，就可能撕裂生活。

还有一类人，在我们看不见的地方与那只醒过来的野兽搏斗，身心俱碎。悲伤混杂着的肮脏、血腥、丑陋，使人无法将之表达。

电影《美错》的导演冈萨雷斯，却不是以上这三类人。他是第四种，他表达出悲伤了，那么深，又那么准。在创作上，这是令人羡慕的价值。并非因他通过这部电影获得的荣誉，而是他能探测生命中悲伤的最深处，他能够经得起这些情绪的洗礼，他耗得起这个能量——你能想象得出，要拍出那么深的悲哀，就得像冲浪一样地向它冲去。但是，只有这样耗能，才能是治愈的。

承认这悲痛，直达它的底部，用尽全力把它挖出来，承认被命运薄待过的部分，也承认自己的耿耿于怀。做错的、错过的，以及内心的那些黑暗，都在被承认之后，变得有一点微亮。

对生活的敏感使人丰富，

可以感受更多，

看到更多；

而保持对生活的钝感也给人另一种丰富

——可以因浑然不觉而不受阻挡，

故可行走更多。

有种天赋
是对生活浑然不觉

有种天赋是对生活浑然不觉

我特别喜欢邻居郑姐来我家做客。因为，她每次来我家，总是一边与我聊天，一边帮我把家里收拾一遍。我们谈房价时，她帮我择菜；我们讨论装修时，她在抹厨房的墙；我们讲各自家乡的美食时，她教我用收纳法对付冰箱；当我们开始讲彼此家人的坏话时，我家里已经明窗净几了。

其实，我也特别喜欢去郑姐家做客。在她自己家，她也是一边与我聊天，一边收拾家里。当我们谈房价时……好吧，好像我们天天谈房价。我的意思是，作为一个习惯谈文学的人，之所以与郑姐谈房价谈得这么开心，是因为我喜欢看她边聊天边干活。我多么喜欢看这手不停织、地不停耕的生活景象。而她似乎没觉察到自己在干活，一切轻松得仿佛不需要力气，又像严歌苓笔下的王葡萄，“全身上下没有一个多余的动作”。

我刚认识郑姐时，想象她应该很累吧，连聊天都在不停歇地干活，怎能不累。后来我发现，她一点也不累，反而是我，一个懒得令人怜悯的人很累。因为对我来说，要干一件活之前，先是调动“我要干活了”这样一个意识，然后开始付出“那么我一定很累”的心理成本，以上心理活动进行了一遍，才硬着头皮去干一件小活，还没开始，已经累坏了。

郑姐则刚好相反，她还没有意识到自己在干活，就已经把活给干了，轻轻松松，羚羊挂角，没有什么可以阻挡，她像风一样自由。她没有注意到自己在干活。她甚至不耽误聊天，不耽误她谈论房价和装修。她是一个在干活中浑然不觉的人。不管是在她自己家，还是在朋友比如我家，这是她的常态，她既不觉得自己有多勤劳，也不觉得有多热心，当然更不觉得忙碌。

就在我几乎要用“禅意”之类有文化高度的词句来概括郑姐的生活状态时，我想到另一个浑然不觉的人——我的伯父。他的浑然不觉的方向，与郑姐不同，是他对物质环境的感觉。他们这代人的节省习惯是很普遍的，不需我多说，读者自能想象。我特别需要举一个例子，在广州燠热而漫长的夏天，他竟然可以不用空调。

刚开始我也像多数子女一样，觉得全无必要。因为子女皆经济良好，他本人更是早早实现了财务自由，不存在买不起空调的可能性。而他看起来近乎自虐的节省，简直就是陷子女于不义。

但是伯父这人脾气奇倔，行事颇有魏晋之风，子女强行给他购买的东西，他坚决不用，既不惮拂了子女一片好心，也不在乎显得无情。出于对这种个性的欣赏，我好奇他对空调一事的真实感受。很快我的调查结果出来了，他确实真不觉得热。

其实要理解这点还挺难的。空调把我们带向更舒适的生活，这唾手可得的舒适，有什么理由不呢？这是多么不自然！这简直是反本能。再说了，辛苦工作一辈子，不就是为了生活得更好吗？要不赚那么多钱干吗？这么过日子有意思吗？这是俗称的抠吧，还是以过度朴素来表现另一种虚荣？

但我知道，我想多了。没那么复杂，他就是对热无感罢了。在最热的那几天中午他会用清水擦一遍竹席子，再拖一遍地板，然后打开一把立地风扇。我在炎热的午后拜访他，只见他怡然自若，愉快清爽，全无我想象的“这天气没空调一定汗出如浆狼狈死了”的局面。他并没有强忍燠热，他只是觉得“没你们说的那么热”，他不需要“更凉快”，即使这个“更凉快”很容易得到，他也不去刺激自己这个欲望。

我于是猜想，自己之所以觉得热不可忍，是因为我已经唤醒了这种欲望。我没有伯父那种浑然不觉。

一个浑然不觉的人多么幸福。他轻松放弃，不需要经历我所揣测所设想的困难。他也可以不以别人的感受为参照物，因为他自己的浑然不觉就可以另设坐标，——没必要因为别人都说热，所以你就真的热起来。

我们从小听到的那句老话“无欲则刚”，我总以为是在形容牺牲者，其实是在形容享受者。他们享受了自己因为低欲而变多的自由。

你会说，要是人人像伯父这样，我们的社会经济怎么发展？文明怎么发展？是的，用我一个研究生物学的朋友的话说，要是不肯定人类的物欲，人类现在还在树上趴着呢。但人类是多么复杂多么丰富的生物，人类的魅力就是在于欲望和思想的双重旺盛。

与其说我在为节欲者辩护，毋宁说我赞美钝感。经济发达使我们敏感，我们因为体会更多、见识更广而不断地提高要求。

敏感使人丰富：可以感受更多、看到更多。钝感也令人有另一种丰富：可以因为浑然不觉而不受阻挡，故可行走更多。

我也珍惜自己幸存的浑然不觉。郑姐浑然不觉的方向是干活，伯父浑然不觉的方向是物质环境，我则对脏乱差有着令处女座朋友抓狂的适应性。

有次与一个处女座朋友旅行，她不但能一眼看到垃圾，还能想象出看似卫生的食物可怕的来路。我觉得这份敏锐和想象力很有趣，一切感受丰富的人都令人欣赏。但与此同时，也默默庆幸我尚未扭动的阈值，它使我轻松地吃下各种可能被苍蝇叮过的饭菜，毫无负担。

路痴的“非尘世气质”

我听说过骨灰级路痴是这样的：有一位，在呆了三四年的校园里迷路，举头望天，思索良久之后，决定了一个与真理相反的方向。另一位则在自家小区门口迷路，确切地说，不是迷路，是她与别人同行办事，偶经这里，若不是同行者提醒，她竟然认不出这附近就是她住了六七年的家门口。

与她们相比，我只是初级版路痴。我的路痴呈一种普遍性：无非是找路能力差，认路水平低，对需要四个拐弯以上的路线则自动放弃。

总是疑心，路痴是因为理科成绩不好。面对数字和线条，那种迷茫的状态跟迷路时是一样的。有些人，走过一遍的路就像扫描了一样记在脑海里，能在出口众多、拐角繁复、每个角落都长得一模一样的停车场，毫不费力地找到自己半天前所停的车。我看着他们，就像当年看着数学尖子在解答奥数，崇拜又隔阂。他们操纵那些线条和数字，百步穿杨，长袖善舞，如另一种生物。

路痴与认路天才，确实归属两种不同的头脑，这是一个生物学的问题。路痴的思维方式是这样的：北边或者左边？那是一栋绿色的小楼。南边或右边？那是一栋黄色的小楼。假如这个小区的小楼都是一种颜色，那么就瞬间无解了。

南方人中更容易出现路痴。都说南方人不说东南西北，而是说前后左右。事实上，前后尚能确切区分，左右一词对于南方的路痴来说，也是费神的概念。她们更倾向于这么表达：那边，就是那边，噢，是这边，这边这边这边！

南方人的路痴，跟地形和气候不无关系，与建筑更密切相因。韩少功指出，南方在古代为蛮，化外之地，建筑上也就有蛮风的留影，前人留下的老街几乎很少有直的、正的，这些随意和即兴的作品，呈礼崩乐坏纲纪不存之象，种种偏门和内道，很合适隐藏神话、巫术和反叛，要展示天子威仪和官府阵仗，却不那么方便。留存在这些破壁残阶上的，是一种山高皇帝远的自由和活泼，是一种帝国文化道统的稀薄和涣散。它们不像北方四合院，俨然规规矩矩，一栋一梁的定向都不越雷池，严格遵守天理与祖制。

在那种“随意即兴”“自由活泼”的建筑群中，要飞快地找出自己的目的地，就像在旁枝四逸的树上找巢，任何一个路标都可能将你引向岔口。我记得家乡的小城就是这样：水网一样的巷子，隐藏于断墙下的人家、起伏的石阶和曲折的通道，当然，容易迷路的地方，也许藏有更多惊喜。柳明花暗又一村，这是路痴的福利吧。

有意思的是，有些人喜欢强调自己的路痴，同时，还强调自己不会开家里电视，不会给支付宝充值，等等。我猜想，她们想强调的，不是路痴这个事实，而是那么一股迷糊劲儿。那股迷糊劲儿，是一种致幻剂，是可以呈现出一种区别于庸人的“非尘世气质”的。太能干了，就显得没那么文艺。所以，标榜自己的不能干，仿佛自己向另一个自己撒娇：哎呀，我这么诗意，怎么可能不是路痴？

所有的节日好像都在童年

对我来说所有的节日好像都在童年。比如春节，比如中秋，比如七夕。春节的时候是暖色调的，那欢乐像烟火在高处爆破。而中秋和七夕的欢乐，则是夜色凉如水，是晴好的晚上，地面上沉实的热闹，从高处往下看，更像无声剪影。

中秋接近的时候，母亲和祖母开始买置各种水果：石榴、林檎、黄皮、莲雾、红柿、葡萄、鸡屎果、哈密瓜。到中秋那一夜，它们摆在木托盘里，晚饭过后就被供上神案，那个时候月亮已经升起来。

中秋那天，吃过晚饭后每一家都把神案搬出来，一起摆在院子中，聚在一起拜月。家乡话把月亮叫“月娘”，所以中秋就要“拜月娘”。

“拜月娘”是一场小型的聚会，人们聊天，孩子追逐，到夜很深时才散去；果皮果渣装满垃圾桶，不去管它，第二天再清倒不迟。阿城说：“我喜欢这样的发奖，在一个小镇，葡萄收了，酒做好了，大家狂欢。古时希腊的奖，想来亦是如斯意思。奖若是狂欢的借口，反而有贵气。”当年的中秋节也是这样的意思，也是人们心里狂欢的借口。

或许月光很好，可是常常不记得抬头。南方中秋天仍是挺热，但夜风起时，感觉得到天空高过往日。

家乡民谣是这样哼唱月亮：月娘月痕痕，共君去搭船。船头两只鸳鸯鸟，头又乌，尾又红。劝君莫笑人。

这首歌谣细想起来是非常动人的，劝君莫笑人，为什么要笑人呢？因为诗中所写的氛围那么暧昧，那么甜蜜，船头两只鸳鸯鸟，头又乌，尾又红，那是一种什么样的暗喻，想必谁都知道。为什么在有月亮的晚上去搭船，在很多很多年后，有一首有点浅薄的流行歌说出了这个秘密：“我知道都是月亮惹的祸，那样的月色太美你太温柔，才会在刹那之间只想与你到白头……”

当我们说起中秋，朋友Q说她家乡与中秋有关的歌谣是：“蟛蜞蟛蜞煮熟饭，老公老公返，饱一餐，饿一餐。”她的家乡有一条河，她们的村子由河串成。有些女孩子提着灯笼走来走去，叽叽喳喳的声音和河水泠泠。她在河边的树丛里躲着，因为与那些男孩子打了架。

很显然，Q家乡的中秋，比我们的中秋多了一些童稚，却少了一些浪漫。而这个被“饱一餐，饿一餐”的老公，则有点像从《古诗十九首》中走出来的人，在“努力加餐饭”的劝勉中，那是另一种爱情。

Z的中秋记忆则更加童稚了，他最记得与中秋有关的事情是放烟花，“好像在打仗。”他煞有介事地说。小时候每过中秋，就和一群男孩子，用钻天炮去扔小朋友的灯笼，两队人互打，谁先哭谁输。那时候钻天炮一捆十二个，他们每人一买就是二十多个。

他小的时候住在一个学院，有极其繁多的树木，那群小孩就在这些树木中穿梭、玩闹、打仗。整个学院处处清芬，但当年在树木中打闹的那群野孩子一定什么也闻不到，更不用说看月亮，早忘到九霄云外去啦。就像张晓风某篇文章中说到满山开花，她问挑水老妇：“这是什么花？”那妇人谔然反问：“哪里有花？”

心安理得地做一个胖子

这是看到某一则新闻图片之后的灵感，那则新闻说的是世界上最胖的女人当新娘了，她的先生是一个身材正常的人，但是他们相爱……爱确实是跨越一切的，跨越地理，跨越经济，跨越年龄，此时我们看到，它还跨越了美丑。我们见过太多父母都觉得自己的孩子是全宇宙最美的孩子，深爱是盲目的。

如果一个人被很深地爱着，他会有很强的存在感：不管自己是什么样，缺点和优点都有理直气壮地存在的理由。缺点可以改，但并不是自己的罪过。——其实谁没有缺点呢？

我们见过在父母面前鼓腹、驼背、衣冠不整的人，但很少见到在情人面前如此的人。归根到底，还是因为情人的爱，总是让我们不够笃定吧。心中有忐忑，会担心因为丑陋的瞬间，击破爱的幻觉。——很多时候，感情相当于一种感觉。

但还有另一种情况是，如果你爱自己爱得非常笃定，爱得非常理直气壮，那么这样“去爱”也会令你有存在感，令人理直气壮地做一个胖子。

昨天晚上去参加一个讲座。雷夫，他站在台上，完全由各种圆组成，最圆最突出的显然是他的肚子，他穿了一双球鞋，这让他的圆显得更圆……而这个可爱的胖子在讲座上这么说：

“长年以来我坚持同一种打扮、同一种风格的形象，因为我班上的孩子很多都是来自于破碎的家庭，他们常年感受到离散、变迁等不安全的因素。我希望我会让他们觉得是一个很稳定的存在。所以我从来不改变我的风格，打扮的风格，当然也不减肥。”

这段话真有意思。因为对别人的爱，而心安理得地做一个胖子。是否可以这么说，他对别人的这份爱，也是他对自己的爱。

知道自己的存在有价值，哪怕肥胖、丑陋（当然他并不丑），也不能改变这个价值，这份肥胖也是他自己的一部分，所以也在他爱的范围内。所以，他是一个心安理得的胖子。

曾读过两个故事。在这两个故事里，主角都是心安理得的胖子，同时，都是悲伤和忧伤的胖子。

一个是东东枪写的，主角是一只大海怪（当然也是胖子）。女主角说：“胖子，你好像越来越胖了。”胖子说：“是啊，反正每天就瞎他妈游，也没有人瞧我。胖就胖吧。”

他因为被所有的人遗忘，被所有的人放弃，所以也就放弃了自己。胖有何所谓呢？宇宙这么大，起码在海底，自己是不占地方的。

另一个故事更加难忘，叫《胖子安详》，作者是文珍。小说里的主角，是一个胖得没谱的女孩，“她越来越深陷在自己的身体里不可自拔。”“身为一个后封建社会女子，不必再注意形象，关心体重，全不考虑相亲出嫁的无聊问题，她感到非常快乐。”“她不觉得正在逐渐增重的自己未来可能会更好，也并不遗憾这一切。她不爱使劲，不管朝哪个精神导师指明的真理方向。她不认为糟糕的自己适合更好的世界，同样也不需要寻找更好的男人，她只需要更多的零食。如果可以，最好吃一点。不好吃也没关系。”

然而，她的臃肿和这个轻飘游移的时代精神相背而驰：在岗位上，她像一块多余的脂肪一样被剪裁掉了；在地铁上，她是多余的塘泥，腻腻答答，尾大难掉，走避不及，万箭穿心。“这个人口过剩的世界显然并不需要一个失业而暴食呕吐的胖子，需要的只是许多饥饿而不知餍足的瘦子。”

安详的胖子，终于无法再得安详。

人世多艰，终究到底与胖瘦无涉，所有在他人身上的重压，事实上都在你我身上。

一封信让你回味多年

一

格非的文章中提到，他上小学的时候，钢笔是身份或权力的象征。通常，你看见一个干部向你走过来，你只要数一数他中山装的口袋里插着多少支钢笔，就可以大概判断出此人官衔大小。当然也有例外，比如修钢笔的人……

我比格非年龄小十来岁，但到我上小学的时候，钢笔仍然是某种象征。它摆放的位置，也仍然是中山装或者白衬衫的上衣口袋里，当然，偶尔也见到有人把钢笔像烟一样夹在耳朵后面的，但这样就气质全无了。我有个远房亲戚说，她当年相亲，她看到对方上口袋里别着一支钢笔，露出了钢笔帽，她年纪小没经验，想当然地以为对方是个知识分子，这根露出笔帽的钢笔促成了他们的姻缘。后来才知道，其实他基本是个文盲，那支钢笔是借的，相当于玛蒂尔德脖子上的项链。

再到了二十世纪九十年代初，也就是我们上大学的年纪，钢笔就不再起装饰作用了。但是，这个时候仍然要随身携带钢笔，因为它有实战功能。大一某天，我和班花小 R 在学校西门外的小吃街当街吃烧饼，一个烧饼没吃完，便有男生横刺里冲过来，往小 R 怀里塞了一张纸。情书，你懂的。这男生是刚才在我们前面吃完烧饼的，刚要走时看到小 R，电光石火，芳心大动，随身掏出纸和笔来写情书——这个故事告诉我们，在没有手机的年代，随身带着纸笔是多么重要。

古人不知道这个道理："故园东望路漫漫，双袖龙钟泪不干。马上相逢无纸笔，凭君传语报平安。"没有钢笔，结果多耽误事情，大家都看到了。

那时候写信，多数还是同学之间的友谊信，或者家书。那些信，无非是日记的变体。大一是写信最疯狂的时候，晚自修写信，上课也写信，老师在讲台上看着挥笔疾书的某人，都满意地捻须微笑，以为勤奋做笔记。我创下的纪录是一封信十七页纸，也就是一个中篇小说的字数。那一年，那群幼稚的大一女生，活像被丢进人海中的小动物，懵懂又慌张，我们用给以前的好朋友写信来平息这种慌张。

英雄牌钢笔，配英雄牌蓝色墨水。吸满了墨水的钢笔胆掂起来沉甸甸，很有书写的冲动。印有学校标志的白色信纸，笔尖停顿处略有晕染。

大一过后，同班同学熟悉起来，于是又产生了另一种局面：白天一起上课，晚上回宿舍后彼此写信，第二天跟地下党接头一样，飞快地递给对方。这种情况一般是发生在男女生之间，但又未必是情书。就像张爱玲的《五四遗事》那样，那两对湖上泛舟的暧昧男女天天见面还要通信，内容却无关风月。这些信在好朋友之间会互相传阅，有时是全封传阅，有时是部分传阅：把信折成很小的一角，只让朋友阅读露出的那角内容。

不知从哪里听说，把邮票倒着贴就表示是情书。至于斜着贴和横着贴又表示什么就忘了，都是有讲究的。也有人收到的信封上，两张邮票一正一倒，舍友们纷纷指导——有人说："他的意思是既想做一般朋友，又想做恋人。"有人反驳："总之就是不够爱。"又有人再反驳："不，这是掩人耳目，欲盖弥彰。"……

信使真是一个美好的名称，在那个依赖信件的年代。迟子建是当年很受欢迎的作家，她有一篇小说叫《草原》，女主角就叫曲信使，她是这么跟男主角表白的：你给我盖个邮戳儿吧，以后就只能投你这儿了。

二

八十年代末九十年代初，我们十来岁的年龄，神州大地上兴起"笔友"这种事物。

那时很多杂志，每页下端会印点小广告。比如《诗选刊》《北方诗刊》什么的，会登着某机构的某项诗歌比赛 。获奖后让你交点费用，以便把"获奖作品"印成册。这种比赛我参加过几次，妨碍我拿奖的原因都是因为我没钱。钱不凑手就是碍事啊。还有些杂志，尤其是针对青少年的如《辽宁青年》《少男少女》之类，在这栏小广告中，会印些寻友启事。

寻友启事多数写得浪漫。每个主人公都热爱文学，都渴望交到天南地北志趣相投的朋友，都期待在鸿雁传书中畅谈理想和人生。它们既没有征婚启事的功利，又比各种广告有人情味。它们形式多样，有的不啻一则小型文学作品。在我身边的同学们，有不少人真的通过寻友启事寻到笔友，我就是其中一个。

我选择笔友的心路历程如下：首先注意对方有没有高远的爱好，爱好文学加五分；爱好哲学社会学（一般体现在往启事中加入几句人生哲理）则加十分；爱好航模、观星、地质或者航海故事之类，加二十分。最后，我对地域有格外的关注，如果对方身处遥远的省份，越远分越高，最好远至边境线，则基本满分。比如在阿勒泰，在喀什，在瑞丽，在凭祥，或者在黑龙江的北极村，又或者在内蒙古与俄罗斯交接的额尔古纳河畔。

对地域的偏爱极大地限制了我的选择范围。不然的话我怕是忙不过来了。

后来，我有了个联系长久的笔友，一个在克拉玛依的高二女生。在她的想象中，我们大岭南植被葱茏，物资丰盛，气候潮湿。而在我的想象中，她的生活则长空大地，倚马而立，残阳似血。我们频频通信，代表两个地域进行友好文化交流。

某一年生日，她寄来一块比巴掌还大的云母作为礼物。这件礼物的珍贵程度已经接近震撼，因为它甚至来自比克拉玛依更远的地方——是从阿尔泰山来的。至于她是怎么得到它的我就不清楚了。信中她说，云母并不是稀奇矿物，但那么大的一片就很难得，因为云母易碎。寄这片云母颇费工夫，不但仔细包裹了几层，还在大信封中垫入一块硬纸板。

作为回报，我应该给她寄过海边的贝壳，但我怀疑这件事情只停留于“应该”但没变成行动，因为贝壳不似云母可以放在平信里邮寄。事隔多年记不清，那些幼稚的信也不知哪去了。只有那片微微发黄的云母一直被珍藏在抽屉里，想必将被作为个人史上的重要文物继续收藏下去。

三

直到 1998 年，从乌鲁木齐寄往广州的信件，邮票是五毛钱。如果信比较厚，为防超重则加三毛。五毛钱邮票印着中国长城，三毛钱邮票印着山海关。我记得这么清楚，因为还保管着那几年的信件，它们来自新疆一位老诗人。

忘了是在哪个刊物上看到他的地址，或者干脆是刊物的编辑转交的，总之作为一个粉丝我成功获得了偶像的回信。他的诗以及他所处的遥远地域对我产生了双重吸引。他寄来的信，经常用一些印着“西塞函授院”“新疆生产建设兵团文学艺术界联合会”“喀喇昆仑宾馆”字样的稿纸，光是这些稿纸就令我神往。

他的信中经常写到乌鲁木齐下大雪，比如说刚刚下过一场 40 多小时的大雪，现在地面积雪一尺多厚，树枝上电线上，一切静止的物体上都站着十多公分的雪，汽车上人肩人头上，一切移动的物体上都戴着一层没有重量的雪。他也很欣喜于收到我的信。那么远的南方，有一个高中生能够读到他的诗且读得那么仔细，想来这确实令人惊喜，这份惊喜令他宽容了我的幼稚。

我们慢慢变成了真正的忘年交，通信持续了好多年，填高考志愿、选择工作的时候，他都给过我非常具体的意见。我有无数次想去新疆旅游，他似乎也有过来广州开会的机会，却不知道为什么那么多年就没有见上一面。但那是一个“笔友”通行的年代，很多人都有这么一两个未曾谋面却又很熟悉的朋友。他曾在信中引用过曹禺写给巴金的信：“会有这样一天，在你面前立着一个矮矮的小老头，精神极了，像窗外的麻雀一样，一跳一跃地走来走去，而且像夜莺那样兴奋地对你歌唱。”如今阅读旧信，也想顺便对曹禺点赞一个。

很多年后，我已毕业，参加工作，生活中有了无数更重要的朋友，写信也已经是很过时的事。在失去联系很久以后，某天在办公室里接到一个电话，找我的。一个听起来很难过的陌生声音对我说，她是某某的女儿，她父亲，也就是与我通信多年的老诗人，一个礼拜前去世了，现在依照他的通讯录，向各位老朋友通知一声。

没有见过面的人，对死讯的感受是很奇怪的。他一直在远方，只是去了一个更远的远方，见面本是可有可无的事，但因为他的死讯，那几年的失联变成一件令人愧疚的事。就像“少年派”对那只头也不回的老虎所说：“没有好好地说再见。”没有好好说一声再见的遗憾，确是遗憾。

来不及见面的老朋友，想必是“相见亦无事，不来常思君”的一个老友。可是，那么多年通信的情谊，回想起来却也只有这几百字的内容。

文青不等于文青范儿

同事李莹是一个女文青，某次吃饭时，她两眼放着粉红色的小星星，特别文青范儿地说："有一期杂志，封面做的主题'爱过'，我好想看噢。"另一个同事一边低头吃鱼，一边面无表情地说："爱锅？哪个锅？"

你看，这就是典型的文青和非文青之间的对话，她们拥有两个不同的频道，之间可以交流，但经常有冷笑话般的效果。问题是，她们都很无辜。

虽然有很多人觉得女文青是个骂人的词，但必须承认，在现实中，文青范儿其实挺迷人的，起码比"师奶范儿"好。它起码说明生活得精致。富贵思淫欲，安逸思文青。一个活得狼狈不堪、狼奔豕突的人，万不可能有文青范儿、也不可能欣赏文青范儿。

聂鲁达的诗歌《我喜欢你是寂静的》写的可谓是文人们心目中的文青范儿模板："我喜欢你是寂静的，仿佛你消失了一般。/ 你从远处聆听我，我的声音却无法触及你。/……/ 让我在你的沉默中，与你对话，/ 你的沉默简洁如一盏灯，单纯如指环。/ 你就像黑夜，拥有寂静与群星。/ 你的沉默是星星的沉默，遥远而明亮。"

如诗中所说，典型的文青范儿包括：沉默、寂静、简洁、单纯。但事实上，真正的女文青，多数都是话痨。不要说林徽因这种著名的双子座沙龙女主人了。就是萧红这种相对弱势的，也是个话痨。为什么女文青总是与话痨连在一起呢？因为她们想法太多，又太习惯于表达。

这就说到一个重要命题，文青，并不等于文青范儿。

真正的文学青年，其实往往有点二，文学这回事耗神耗时，稿费低，利润薄，收效浅，要看很多的书，做很多采访，才产出一点点成果。神思恍惚，点灯熬油，几年下来，人也被消磨得灰头土脸。而且，凡事一旦用“精神层面”去思考，其实也挺影响效率的，最终，往往是没有什么好看的范儿可言了。

有范儿的，往往骨子里是生意人。一些文青范儿十足的女子，看起来如云如雾，遇到真正的利益比闪电还清晰，才不会拿生命去换范儿呢。

今天是王小波去世十六周年纪念日，网上看到很多纪念文章，和菜头写道，我们的人生总是会从文艺青年开始，然后才是政治中年、商务中年……不去喜欢王小波很难，他站在文艺青年向往的彼岸。

虽然拿王小波作为一个文青喜欢的对象，并不典型，也不恰切，但是和菜头在文中说了很关键也很准确的一句话：

面对纯粹的精神生活，我们都是十足的业余爱好者。

这就是我们觉得文青范儿堪可唾弃的原因，他们只有观赏性，但在真正的生活面前不但一无可取，还显出一种不诚实。那种范儿也好，谱也好，也经常主动在实质利益面前收得干干净净，在艰难困苦面前撕得粉粉碎碎。他们把精神生活，当成手上的“鸽子蛋”，除了在安逸之时，锦上添花一下，他们不舍得为这精神生活付出美感全无的、文青范儿全无的、枯燥乏味的生活。

命名的学问

梁思成的文字感觉是很好的，从他给人取的名字可以看出来。他的一对儿女，梁再冰，梁从诫，名字有书卷气，独特却又不生僻，而且含意上构成别致的对称。名字里带有个人感情，再冰是纪念梁启超，从诫是纪念建筑师李诫，这种纪念，表达得从容不迫，是一种缓缓道来的韵味。

若论取名字的才华，梁思成超过了他父亲，梁启超给孩子取的名字是：思成、思顺、思永、思忠……也不坏，但显然少了“再冰”“从诫”那份曲致。

这对儿女取名字也可能有林徽因的份儿，但他们的一对美国朋友的名字，则明确是梁思成取的。

费正清，费慰梅，首先是从音译中得来，但含义上又水到渠成，而且是地地道道的中国味。更难的是，这名字，还很符合他们各自的气质。比如正清如果是“政清”或“诤清”那都不对，慰梅如果改成“薇湄”“苇眉”，虽然字形上更加美丽，但味道也完全不同了，就不是费慰梅的味道了。即使是“蔚梅”也不好，偏偏一定要“慰梅”二字，既优雅又亲切，还有适度的甜蜜。这个名字里面有温度，有家常的温度，与费慰梅的个人性情十分匹配、妥帖——只要看过她的文字和故事。

费正清有段时间曾把中文名改成“范朋克”，原因是陆军情报局的费希尔也用了费这个姓。“范朋克”这个中文名，就像多数强译的名字一样带着金属性质的古怪。

确实，多数的中文译名都是“范朋克”这个水平，都那么古怪，一看就知道是个外国人的名字。像“费正清”这样音义浑然天成、气象疏朗不凡的译名，不是谁都取得出来的。再说，姓费也比姓范好，费字里的骨头比范字里的多。范字温，偏胖。这些都是费正清这个外国人所不懂的，也是可意会不可言传的中国字的神秘。

爱取名字的人，爱做对子的人，爱对对联的人，都是有文字兴趣的。营造学社在李庄时期招聘了一位学员叫罗哲文，他原来的名字叫罗自福。罗自福来的时候还小，才十几岁，常被捉弄，经常趴在地上打弹珠，别人就作打油诗取笑他：“早打珠，晚打珠，日日打珠不读书。”还因为名字跟美国总统罗斯福相仿，大家就给他取个名号叫“罗总统”。

罗自福很难为情。梁思成看着这个比儿子大不了多少的孩子，很怜爱，便亲自动手，给他改了个名字，叫罗哲文。从此罗自福走上了罗哲文的康庄大道。罗哲文这名字不出彩，普通但顺眼，大大方方，这样的名字好，有福气。

果然罗哲文很有出息，成为一代建筑大师，谁能说跟改了名字没关系？要是他还叫罗自福，从气局上看，好像就更适合当商贩，也许会成为一个建筑师事务所的注册建筑师，但不可能成为建筑界的泰斗。这就是名字的风水。

之所以说这些，是因为看到梁从诫说：母亲在测量、绘图和系统整理资料方面的基本功不如父亲，但在融汇材料方面却充满了灵感……父亲的论文和调查报告大多经过她的加工润色。父亲后来常常对我们说，他文章中的“眼睛”大半是母亲给“点”上去的……

有不少评者说到这个意思，大意是梁思成比较理性，而文字的感性和文采则不如林徽因。我想，梁从诫提到的说法也许还有梁思成本人的谦虚成分，如果说论文经过林徽因的润色，书信总不可能也经林徽因的润色吧？梁思成不少信函都很好看，文字也跟他取名字一样，是很有味道的。

比如在考察应县木塔路上，梁思成给林徽因的信中这样写：“……离县二十里已见塔，由夕阳反照中见其闪烁，一直看到它成了剪影，那就是我对于这塔的拜见礼……”慢镜头式的语言，像电影一样。

他又写:“……回想在大同善化寺暮色里同向着塑像瞪目咋舌的情形，使我愉快得不愿忘记那一刹那人生稀有的、由审美本能所触发的锐感。尤其是同几个兴趣同样的人在同一时候浸在那锐感里边……”

“锐感”这个词，也引发了我心中的锐感。怀想梁林在考察古建路上的情境，带着向往。那种情怀若没有梁思成的文字引述，我们将会错过多少想象。而他关于那些古建最动人的一句话，恐怕是：离别时十分不舍，生怕一去就成永诀。

而给人取名字这件事，除了出于对文字的兴趣之外，个人私心里还认为，命名表达了一种权力的愉快，一种创造的霸气。命名就是开天辟地。世人多觉得梁思成相对于其妻来说显得宽柔和顺，也许在给人命名这件事上，他非常隐秘地流露出他性格里比较少有人知的那一部分气质。

不修边幅也是一种幽默感

因为在机关待了很多年，我最为讨厌的腔调就是官腔，最为讨厌的长相就是机关脸。倒觉得屌丝脸比机关脸更具有审美价值，前者有一种被生活揉搓压扁后的皱褶，后者却把这些皱褶用某种浆糊涂抹掉。

我喜欢感统失调的人。比如，走路经常跌跤，拿东西经常摔坏，倒水常倒一桌子，站起来擦桌子又扯到桌布，最后再碰倒几个杯碟碗筷……这些笨拙的人们，让我看到生活的漏洞。

有一次，参加某个会议，虽然不算大型，却也煞有介事。昏昏欲睡之中，某领导上台发言了。我以为，按国际惯例，肯定继续昏昏欲睡的。但是这领导的衣服却让我精神为之一震——他穿了件格子衬衫，衣领一半翻在外面，一半却塞在脖子里，看起来就像还没有睡醒就披着衣服赶过来的样子，这衣领理应配一张急匆匆又糊涂狼狈的脸，可是他的脸看起来却精神百倍，十分清醒，于是效果就更加滑稽了。

当然也许他是故意这么干的，像我穿了两只颜色不同的袜子。可我的袜子是别人看不到的，而他的衣领却不但人人看得到，而且还是一个这么煞有介事的会场，长枪短炮对着他，与会者手握钢笔微笑注视他，灯光打向他，麦克风对着他，里面传来了一句句慷慨激昂的发言。

有次，一个朋友说，她经历了此生最难熬的面试。当时，坐在他对面的是一个特别严肃的总裁。可是不知为什么，在他刮得胡须全无、加倍干净的下巴上，却粘着一截子纸巾，随着他说话的节奏，抑扬顿挫地抖动着。他是面试官，坐在他对面的，就是我那个可怜的朋友，整个面试过程，她一直在纠结一件事，要不要告诉他？如何告诉他？

听到朋友不幸的经历，我对那个陌生的面试官好感陡增。甚至我猜测：很可能他是一个很有幽默感的人，他是故意这么做的。他想检验我这个朋友的定性，如果能在这荒诞的处境里泰然处之，人生里难得倒她的事，应该大大减少了吧。

饭局上的风骚与尴尬

又到年底，各种饭局又组起来了。在我孤陋的人生经验中，饭局大致分为两种。

第一类，由段子和酒精组成，有狂欢的外壳，以喝得半醉为成功标志，但未必是推心置腹的好朋友，这类饭局，往往是一个部门及其主管领导的聚餐。

部门领导大概是最有压力的，因为他有义务把气氛盘活。所以在这种聚餐里，他将格外器重一两个能活跃气氛的下属。他们的作用不止是插科打诨，在适当的时候要有舍身精神，比方说成为某个调情话题的主角。

在这种饭局上，一个具备流氓气质的男性简直就是神来之笔！众人的哄哄抬抬中，他把自己变得很低很低，低到尘埃里……他可以扮演一个陷于苦恋的情圣，借着酒力，向现场随便一个人抒情。

“对方”的分寸尤其难以把握，不能当真，但又不能完全不接戏。接戏也不能简单接，要使这戏有个起转承合。比如说，发展一下旁边的配角 B、配角 C，如果能把整桌子的人都发展成配角，那就是最高境界了。如果一场饭局能取得这样的效果，那么可以说，它已经成功了大半。

当然这些都不是真正目的，真正目的还是在于喝酒。比如说，我暗恋你，喝一杯；没暗恋，与这位很久以前曾经合作过，好，也喝一杯。没有合作过？那么你们将来可能会有某种合作，再喝一杯。你刚才说的那句话说错了，赔罪，必须喝一杯。没说错？那你刚才那句话说得很好，还得喝一杯。

我理解这种风俗。我们需要一个主题游戏，喝酒是没有门槛的游戏。没有门槛，却略带禁忌。不然要以什么为游戏呢？难道是排排坐？丢手绢？击鼓传花？还是朗诵诗歌？

这种饭局虽然浮躁空虚，但也有适当的放松，与之相比，另一种饭局简直是受刑。

很多年前刚参加工作时，有一次陪领导去参加某个饭局。路上，领导就和蔼地叮嘱我："一会儿你敬敬他们，表达一下感谢。"

一瞬间，我几乎升起了辞职的念头。倒不是怕喝酒，其实稍微喝点小酒挺开心的，而是领导俯耳交待的隆重语气，让我意识到，那将是一场高度讲究规矩的饭局。我记得曾在哪里看到过一篇"饭局上的各种注意事项"之类的帖子，里面都是一些耸人听闻的规矩，不管是座位排列，还是敬酒顺序，以及敬酒要说啥，酒应该喝多少，都大有讲究。想到我竟也有一天，沦为了一个要遵守这些讲究的人，我的内心是十分崩溃的。

然后，我就看到他们握手寒暄、谦让推搡，一左一右鱼贯而有节奏感地入了座。小小一张圆桌每个座位的排序，展现了完美的、艺术一般的、权力的暗示。

过一会儿，敬酒的时刻来了。这个时刻是在非常微妙的气氛中开始的，一般是菜基本上齐以后，大家点评了各种菜的味道，差不多无话可说的时候，殷勤的客人就站起身来了，举着那杯浅棕色的洋酒，向我方领导致意："今天很荣幸……"我方领导自然也忙不迭地起身，将酒杯去碰对方的杯身，风度翩翩地表达着"自己也很荣幸"这样的意思。接下来，对方有几个客人，这番话就会被重复多少遍，以至于听到后来，会产生一种幻觉，觉得他们在辩论到底是我方更荣幸还是对方更荣幸。

当时，我很难想象世界上还有什么事比敬酒更加尴尬。在众目睽睽之下，要与一些无话可说的人，说一些绞尽脑汁的废话。也许这件事本来没有那么烦人，但因为我的尴尬，放大了它的沉重。

所以，不久前有一天，我忽然觉得自己混得很成功，因为我混到了只需要出自友谊而向对方敬酒的境界。不需要出于别的任何东西，也可以不遵守什么潜在的心照不宣的规矩。有时候朋友聚餐，先到的人自然坐到最重要的那个位子，最后到的就坐在"买单"位。这情形，看着真是心旷神怡。这没大没小、没有规矩的人生才是我心所爱。

串门儿的小确幸

隔壁的郑姐送来一碟菜，站在厨房里跟我说话。在冬天南方“没有霜雪也觉得很冷的天气”里，客人到家里来吃火锅，准备了一堆的火锅料仿佛要准备吃它一整个冬天，炉子的水汽腾腾上升，围坐的时候想起还应该来点酒。这是很有意思的。

说了要去朋友家住两天，于是准备了各种各样的小礼物，到达的时候像个圣诞老人一样被围住了，孩子们扑上来拆礼物，主人寒暄着开始煮茶。这也是很有意思的。

想到晚上可以在朋友家的沙发闲坐喝茶到深夜，孩子们在另一间房间睡着了；想到第二天不必早起，所以一起看看一张碟也很好，就像单身时那样。这是最有意思的。

当年“一人吃饱全家不饿”的时候，搭个伙吃饭是最常见的事，成家之后少有这样的事，但如果能拖家带口地到对方家里住上几天，便把两个人之间的友谊发展成两家人的友谊，那岂不是有意思。

听说亲戚要来家里小住，到超市去买新毛巾和新棉被，晾晒被芯和枕头，补充家里需要的各种零食，整理房间，腾空一个小柜子放置客人的用品，这些也是很有趣味的。

亲戚从家乡来，带来乡音、儿时的美食、邻里的八卦。君从故乡来，应知故乡事。来日绮窗前，寒梅著花未？小时不知作者为什么管得这么多，故乡窗头那枝梅花开不开干卿何事。现在觉得那枝梅花开没开，确实也是很有趣的。

几乎所有来我家小住的朋友或亲戚总是很能干的，在她们的带领下我有了收拾家务的动力，灶头也不再冰冷萧索，茶几上不再杯盘狼藉。我学习冰箱的储藏原则，学习衣柜的收纳秘诀，当夜幕来临，厨房里灯光大亮，我屁颠颠地打着下手，学习用橄榄油芝士烤着大扇贝的做法。

当然也不是所有的人都是家政型客人，最典型的例外是老王，她来我家基本永远坐在沙发的同一位置上看书，来两天就坐两天，我的沙发都让她给坐出一个凹下去的窝来。她虽然对我没有丝毫帮助，但可以证明有人比我更懒。所以那也是很有意思的。

清少纳言写了很多生活里的小确幸小情致，每说一句就要感叹一声："这是很有意思的。"或"那也很有意思。""那也是很有趣味的。"她除了说"春天是破晓的时候最好……夏天是夜里最好……秋天是傍晚最好……听那子规希微的鸣叫，那是很有意思的……"之类，她也絮絮叨叨地说着日常琐事："做节日衣服用的青朽叶色和二蓝的布匹成卷，放在木箱的盖里，上面包着一些纸只是装个样子，拿着来往的送礼，也是很有意思的。"

那么清少纳言会不会也喜欢走亲戚呢？会不会喜欢有人来家里做客呢？如果有《枕草子》的现代中国版，会不会有这么一则：年底将近的时候，远方有朋友一家要来我家和我们一起过年，想到她们已在春运浪潮中买好了票，准备好行李和给我的礼物，想到我们将坐在一起看春晚，打发各自的老公去做点消夜，倒杯小酒，点评董卿、朱军和赵本山，这真是很有意思的。

为广州写下的花边笔记

盛夏到来之前，黄爱东西在她的微博中这么写：“河涌水满，天空大团云朵，大半路人单衣短袖，雨伞变作遮阳伞，此地夏日开锣。满城凤凰木火红，闻得到白兰花姜花香的日子不远臬，荔枝龙眼菠萝杨桃什么的也都要来了。”

——微博的微，是限制也是成全，几行中广州见字如晤。这是典型的黄氏语感，古典与先锋糅合，俚俗和优雅共鸣。黄爱东西的所有文字都有这个特点。不管是百十个字的微博，还是千来字的专栏，或是整整一本书，几乎每个字都缺不得、多不得，甚至两个“了”字她也故意地“避双”，一个用做网络语言的“臬”字，另一个则是正常的“了”——不是我太偏钻，既然茶可玩味，玉可玩味，紫砂可玩味，古木可玩味，字又怎能不玩味?

然而更重要的不是语感，它还写出了气氛。“夏天‘哗’一声出现在眼前，色彩饱满，色阶鲜明，有一种说不出的愉快，是对美食对美景对生命本身的悦纳，是不假思索的本能。”这几行字的描述像一个邀请，让人跃跃欲试，让人想感叹一声生活真好。

这样的氛围，就是广州，就是这片土地上的风水。它是愉悦的，但不是高昂高蹈的欢乐，而是贴心贴肺的高兴。不是吃风喝烟，是吃肉喝汤。那所有的物事，阳伞、凤凰木、水果、花香，是亚热带特有的福利，给予这片土地富庶的四季。富庶的基础和温暖的四季，使人们没有生存之虞，久而久之，基因里就有了慵懒的气质。这片土地上的日子，总是更为淡然从容。

从前不懂广州。初来乍到，只觉粤语讴讶难听，粤人冷漠傲慢。那时觉得这里代表的时尚都是一种拒绝：对所有外地人的拒绝。但是同学中有“广州土著”，四年下来，发现她们的友情正如老火靓汤，不知不觉地煲出了好滋味。你若与她“谈理想谈人生谈文学”，必引来一声耻笑：“喂，你真系好鬼烦啊。”但是一有结婚或者别的什么大事，“广州土著”同学是最像亲戚的，借车，买花，备礼，拍照，张罗，帮的全是实事，是真正意义的“姐妹”。

我的“广州土著”同学喜欢黄爱东西，一边看一边笑骂：这个女人！啧啧。我探头来看：她说的啥？却见她把书一合，一副“不足与外人道也”的表情，仿佛她与黄爱东西才是老友。那个时候我心有所动，感到她们之间文化上的默契。种种生活场景的复述，城市文化的变迁，民间的日常细节，人情世故，风土起居，……虽然白纸黑字谁都看得懂，却只有同样在这种文化里浸淫过的人，才有切肤的、“不足与外人道”的快意。

那时便发现，描写广州的，似乎还没有人写得比黄爱东西更传神，更亲切，更具体而微。真庆幸黄爱东西做了这么一个“城市书写者”的工作，虽然于她而言，一定是无意而为的，她大概只不过是出于一个书写者的敏感和诚实：把最熟悉的事物和感受写出来。——但她无意中做了一项伟大的工作，这是一个城市最原汁原味的记录，防腐的、带个人体温的、生动的、细节的、饱满多汁的记录。

在个人史上，广州有两次被爱恋，一次是在这里积累了 20 年的老火靓汤式生活，一次是通过黄爱东西的文字。2013 年春季，黄爱东西的新书出炉，是一本关于岭南的随笔，书名《夏夜花事》。作为一个曾被广州“拒绝”过的外来人，如今我也可以体味到我的“广州土著”同学曾有的阅读快感，那种特有的语感，俚俗与古雅融汇一炉的大气，那种节制的笔墨，以及字里行间不易捕捉的慵懒……在文字里与我的广州相认，果然是可意会不可言传的滋味。

印象最为深刻的是写广州西关人家的日常生活：“空心菜便宜的时候买一大把，择出菜杆切粒炒酸辣味，嫩叶用椒丝腐乳炒。杀鸡是大事，鸡毛和鸡内金卖给废品收购站,鸡红鸡杂都好吃。……天天洗衣服擦地板，报纸存着给小孩们练毛笔字，凡有空白的纸都订起来做草稿本，家家户户都淡定得理所当然。男人们还有闲暇玩盆景，在小小的石山上努力培养青苔……”

有一篇叫《生活基本款》，像书中每一篇一样，只有好好生活的诚意，比“宏大叙事”更打动人心，尤其当她这么写：“日子过着过着似又恍然回到原地。如此勤勉努力，好像也就是为了偏安一隅地继续这种生活基本款。”——这就是黄爱东西的广州：它偏安一隅，妥帖地过自己的日子，心平气和的日子，具体朴素的诚意。

嗯，我似乎可以结束这篇文章了，但为了与前文呼应，我要再引用她一个微博。黄爱东西的微博常有随手一写却经得起品味的段子，比如这一个：“闲书里看到一句：‘研究冷门的学问，追求迟暮的美人，结识落魄的英雄。’有点意思，可还是有些作，是北方的味道，到了南方，大概就是随便喝两口陈茶，胡乱娶个老婆，蜗居一栋烂尾楼。”——这一段，是她自己阐述的岭南味道，你想必看出来了，从生活态度到文字，黄爱东西的广州，是把日子往小里过，往实处落。前面提到的那三项——英雄、美人和学问，毕竟还是太高远的志向，虽有冷门、迟暮和落魄降火，但黄爱东西给出了更败火的说法。

爱情原来别无他事，

就是在那么一些微妙的时分，

由旁的不相干的事物，

一起合谋催化。

爱情是
最美好的病症

我喜欢你是寂静的

近来微染小恙，喉咙无法发声，好友给我励志，说：“你要知道，在所有的残疾里，哑女是最性感的一种。”我表示愿闻其详，她手一挥：“因为哑女什么都不缺，就是不会说话而已！”我觉得她的潜台词应该是：语言是一种对性感有弊无利的东西。

仔细琢磨，甚有道理。吾乡也有这样的说法，民间传说，哑女都长得漂亮。统计学上并没有数据说明，但采样却有不少。某个远房亲戚耳朵失聪，有人辗转介绍一个哑女给他做对象。还没见面，长辈就纷纷表示赞成，说哑女皆美，这下没错。待与那哑女见了面，确实也有几分姿色。大家更觉得般配，因为聋子是不能录入，哑巴则无法输出。一时传为美谈。

这亲戚的婚姻多年来一直和和美美，并不仅仅因为哑妻长得漂亮，大概还跟他们一个听不见，一个说不出大有关系。这事情细思感极，到底人们是因为哑女不会说话而觉得她特别漂亮呢，还是出于能量守恒原理，一个人不会说话慢慢就会变得漂亮，正如瞎子的听觉特别敏锐那样？

“哑女漂亮”绝不只是吾乡人的心理认知，最深谙民心的琼瑶奶奶便设定了一个深入人心的角色——哑妻。花虽解语还多事，石不能言最可人。哑妻，那百口莫辩的小眼神是多么动人，我见犹怜，况男人乎。而周星驰老师的《功夫》（黄圣依饰演哑女芳儿）也是同理，黄圣依用沉静的眼睛定定看你，纤长的手指比画了一个语焉不详的手语，那是多么性感的动作，它到底在说什么，确实是一点也不重要了。

简·坎皮恩的电影《钢琴别恋》中，那个在海边弹着钢琴的哑女，你无法想象她要是能开口说话怎么办！她惊涛骇浪的感情，她众叛亲离的心，她得说点什么才好？她一开口，这笔糊涂账就全落到实处，全无美感了。到底得说点什么才配得上那气质？她只好被塑造成了哑巴。

对于一些哑女，那无力抵挡的沉默，不是残缺的命运，而是完整的美。泰戈尔写过的素芭就是如此，她虽然缺少说话的能力，却不缺少一双垂着长睫毛的大黑眼睛。她心里有什么想法，她的嘴唇就像一片树叶一样地颤动着反映出来。

“那长睫毛遮盖下的黑眼睛的话语，也就是她周围世界的语言。从那蝉鸣的树上，直到静寂的星辰，只有手势、姿态、流泪和叹息。在炎热的正午，船夫和渔夫都去用饭，村人在午睡，鸟儿静悄无声，渡船闲着，辽阔的忙碌的世界从劳作中停息了下来，忽然变成一个孤寂、严肃的巨人，这时候在引人入胜的广阔天空之下，只有那无言的大自然和一个无言的女孩子，极其沉静地坐着。”泰戈尔把哑女的美描写到了极致。

世界的无言之美与一个人的无言之美，在孟加拉一个名叫昌地浦的小村里，彻底结合在一起。一个哑女的命运不可控，美独立于命运，楚楚动人地存在。

于是我怀疑，语言开始的地方，可能就是扫兴之处。尤其是像《钢琴别恋》女主角艾达这种，沉默就是她的飞行器，她一直在远方。

还有人聪明地注意到了那只叫 Hello Kitty 的猫。它被塑造成女性化的形象，但是面部有个特点是：没！嘴！巴！也因为，有些美女开口之后如此乏味，确让人觉得，如果永远沉默就好了。永远沉默，像一扇门永远关闭，倒可以想象里面无数珍宝或武器。开口说话如大门通畅，反而令人惊觉美女原是空心人。

一位记者朋友曾采访过某著名女演员，在她的记者手记中，这位美女演员便是个典型的空心人。看得出她是配合采访的，但仍然特别难采，一是她的心特别难打开，二是她的心里确实什么也没有。她们的对话方式是这样的：

“你比较喜欢什么样的衣服风格？”“我觉得最重要的是适合自己。”

“你觉得什么样的风格比较适合自己？”“没有一定的，一段时间喜欢什么就会挑什么。”

“衣服里什么颜色比较多。”“都有吧。”

每个回答都没错，但都是信息量很薄弱的一些废话。若说这位是明星，不易被了解，那吾友李大哥的女神，则更典型。女神长得美，话也少，李大哥主动脑补她的内心世界，迷得七荤八素。女神爱好文艺，常写点小随笔什么的，有一天李大哥把女神的手抄随笔集子借来细读。真是悔不该读，没读几篇即幻灭了，李大哥瞬间成为无神论者。他痛心地对我们说，太啰唆了，好可怕，一篇又一篇的废话啊，那么多篇，完全可以用七个字囊括！至于是哪七个字，李大哥掰着手指头数给我们听：

“废、话、我、就、不、说、了。七个字。”

其实，智利诗人聂鲁达也有同样的说法，他堂而皇之地写诗说：

我喜欢你是寂静的，好像你已远去。
你听起来像在悲叹，一只如鸽悲鸣的蝴蝶。
你从远处听见我，我的声音无法企及你。
让我在你的沉默中安静无声。
并且让我借你的沉默与你说话，
你的沉默明亮如灯，简单如指环。
你就像黑夜，拥有寂静与群星。
你的沉默就是星星的沉默，遥远而明亮。
我喜欢你是寂静的，仿佛你消失了一样，
遥远且哀伤，仿佛你已经死了。
彼时，一个字，一个微笑，已经足够。
而我会觉得幸福，因那不是真的而觉得幸福。

经常看到聂鲁达这首诗被印在各式精美的礼品上，被一些温柔的女学生传抄。此情此景，我觉得是讽刺的。聂鲁达此诗，很可能与吾友李大哥，出于同样的遭遇，或与吾乡认定“哑女都漂亮”的老乡们，同于一种心理。美女开口如此危险，令全世界男人们的心团结起来。

我喜欢你是沉默的，我不需要你的语言。它的潜台词是，我不关心你的心灵，我不需要你的灵魂。这确实是很多男人的心声，探索一个人的心灵永远比探索一个人的身体更难。

但是，也有例外。林徽因就是一个公认的健谈者，一个健谈的美女。她受男人们欢迎的程度，我就不必多说了。很多回忆文章里都谈到太太客厅里的林徽因，如何在各种话题里成为话语的主角，听众们如何愉快倾听，即使是她生病的时候，她仍然每天指导学生、与朋友聊天，总之，要说很多很多的话。

林徽因是哑女的反义词，语言对她，是锦上添花的事。她爱说，敢说，不怕自己多言而被嫌弃，这也许是因为，林徽因对自己接受得更加彻底。她相信她说再多的话，都很可爱，她觉得自己的灵魂和躯壳是一样美，她不惮于展现躯体之内的灵魂。她的健谈，是一种悦纳自己的表现。

林徽因对自己的定位，是一个以语言为媒介，不停与外界交换能量的自己。波普运动的提倡者沃霍尔曾经说："我其实不特别喜欢'美人'。我真正喜欢的是'健谈者'。好的健谈者都很美丽。健谈者在'做'一件事；美人是在'当'一种人。"这句话很适合描述林徽因。

不过我更要赞赏的，是能够接受她的多言的男人们。他们不是爱一个寂静无声的美人，能欣赏"健谈者"的男人并不是很多，正因为不多，这些男人——包括沙龙上的男人，更包括生活中的金岳霖和梁思成——他们真诚的倾听，更值得赞赏。一个愿意打开内心的人很勇敢，而一个愿意让别人在自己面前打开内心的人，也很勇敢。

性学研究学者裴谕新说，我们的文化里是不鼓励女性表达自己的，因为表达是有力量的。我们的文化里，性感是被动的、无力的。人类之所以成为前无所有的极力维持长期承诺关系的动物，并试图在这样的关系里维持性爱，是因为人可以使用语言沟通，使用语言了解、表达，使用语言把性驱力从肉体蔓延至大脑。所以，女人为什么要让渡语言能力呢?

值得玩味的一个事实是，沉默和话少可能增加女性性感，而对男性，沉默和话少，增加的不止是性感，似乎还有道德。

钱钟书在《围城》中说，现代人有两个流行的信仰。第一，女子无貌便是德；第二，男子无口才便是德，所以哑巴是天下最诚朴的人。韩学愈虽不是哑巴，天生有点口吃，讲话很少且慢，所以仿佛每个字都有他的全部人格作担保。不轻易开口的人总使旁人想他满腹深藏着智慧，正像密封牢锁的箱子，一般人总以为里面结结实实都是宝贝。

事实上我们知道韩学愈是个学术骗子，他跟方鸿渐同在那个子虚乌有的“克莱登大学”获得博士学位，方鸿渐一提到此校，自己都急着面红耳赤，韩学愈呢，惜字如金地半天答三个字：“嗯，是的。”剩下的真相，你自己看着办。这效果，用高松年校长的感受来说，倒是“安详诚恳”。

是以，同样话少，对女性和男性分别的效果，似乎也能见出些什么。

表演欲就是生产力

大理这地方我很喜欢，但有一点百思不解。大冬天的，古城的衣服店——几步就一个——卖的全是棉麻袍子、大花长裙、布衫，飘飘洒洒的。外面下着雨夹雪，这些完全不抗冻的衣服怎么卖得动呢？事实证明，就是卖得动。经常看到穿着这类衣服的人，从街头的寒风中飘过，最不可思议的是，我也跟着买了一件。

这是因为，打扮也是有暗示性的。穿上一件这么文艺的宽衣长袍，就觉得自己与那个穿着旧羽绒服上蹿下跳的自己完全不同了，就可以像她们那样放慢脚步，烟行媚视而毫无违和感了。虽说，宽袖子长围巾，其实举止很不方便的，但，美总是不方便的。方便总是普通的。这点不方便使人脱离常规状态，此时，我在扮演的，不再是以前的自己，而是一个“在别处”的自己。

难怪古城里的衣服店约齐了似的都卖这么文艺的衣服，我们的表演欲决定了它们的市场。

表演欲是一种娱乐。刘震云小说《一句顶一万句》中，有个重要角色叫吴摩西，吴摩西本来叫杨摩西，杨摩西本来叫杨百顺，他是个懦人，却喜欢舞社火，“心里痒痒不光图个玩，而是比起琐碎的日子，舞社火有些虚，舞起社火，扮起别人，能让人脱离眼前的生活。当年吴摩西喜欢罗长礼喊丧，就是因为喊丧也有些虚。”

他最初是喜欢听罗长礼喊丧。罗长礼平时是个做醋的，却更喜欢喊丧，也最会喊丧。场子越大，他越精神，一排排奠客往前移动，罗长礼喊得又响又好，调动得纹丝不乱。这罗长礼就是杨百顺在世界上最大的偶像。

罗长礼的喊丧，扮演的不是做醋的自己，吴摩西的舞社火，也一样。丧礼虽然不是舞台，但是用自己的喊声调控全场，全场就无形成为他的舞台。吴摩西和罗长礼，都是需要另一个自己的人，他们享受自己的表演欲。

服饰、远方、气氛和舞台，都能催生表演欲，但最能催生一个人的表演欲的，想必是恋爱。在恋爱中，表演欲不仅是娱乐，它本身就是生产力。

《围城》中，方鸿渐给苏小姐写那封撒谎的信，写到一半就停下来，怕玩笑开大了。但他一想到唐小姐会欣赏，会了解，这谎话要博她一笑，他又欣然写下去。写完后除了寄给苏小姐，又抄一遍寄给唐小姐，他理想中倒不是苏小姐在读它，而是唐小姐在读它。

那一个多月，方鸿渐文思泉涌，给唐小姐写了十几封信，每封信都要写到纸不尽书。虽然根据钱钟书复述的那些信，似乎写得乏善可陈。

这点真不如我的朋友小 Q。我朋友小 Q 当年谈恋爱的时候，写了两本书三个专栏，据她自己说，写每一篇文章，都想象对方在读，因为每天都想让对方欣赏自己的奇思妙想，所以产量奇高，谁也挡不住。后来她结婚了，像我们每个人一样，飞快地到了不惮在对方面前暴露最丑陋一面的阶段，而这时她的表演欲彻底退潮，什么也写不出来了，于是专心带孩子去了。

方鸿渐后来对赵辛楣感慨，很多人等到结婚后，才觉得结婚的与谈恋爱的是两个人。但他紧接着又感慨：因此谈恋爱没啥意思。前半句很好，点明了表演欲的真相。后半句却又矫枉过正了。我们不能因为结果而否定过程。王小波那句名言怎么说来着？人仅有此生此世是不够的，仅有此时此地也是不够的。表演欲就是让一个人变得不止一个人，让一辈子似乎变成了几辈子。

当然，也有完全没有表演欲的人。我的伯母年轻时长得很漂亮，身体的协调性很好，被挑到宣传队里，经常要上台表演。这是让人尤其是让女孩子们很羡慕的事：被镁光灯追着，被掌声哄抬着，被鲜花华服簇拥着。但伯母说起这个事，倒有个很特别的观点。

她说每次在台上跳舞，都羡慕台下摇着扇子的观众。自己在台上挥汗如雨，而他们则在台下悠闲地翘着腿打节拍，她就很想成为那些无名观众之中的一名。

第一次听到这个观点时，我简直大吃一惊。因为，同为女性，我觉得站到舞台中间是很能激发肾上腺素、多巴胺、荷尔蒙的事情，尽管挥汗如雨，但光线、音乐和观众的眼光成就了另一个她，那个时候她发出了超出自己既往所有的光芒，一个人该淡泊到什么程度，才能对此无感呢?

但慢慢地，我通过伯母，了解到另一种人性的版本。在她这里，安稳比别人的赞美更实在，隐藏比暴露在聚光灯下更安全。在她这里，她害怕戏剧化，不需要甚至避免“与别人不同”，她愿意舒适而平凡，不被看见，也不要幻觉带来的愉悦，以及危险。

她没有虚荣，由此可以少很多烦恼，但是，也许也是一种缺失。因为这份低欲，屏蔽了一份想象力。表演欲的驱动，带来的，其实不止是那一时刻的快乐，而是像“热刀片切冻猪油”一样，化开了舞台前后那些天的时光，在那段时间里，我们觉得自己光彩照人，对生活充满期待，我们暂时成就那个陌生的自己。我们由此得之，原来我可以这样，那么也许，我还可以那样。

表演欲也许未必能让我们生活得更好，但它，确让我们生活得更多。

现在“诗与远方”似乎成为一个讽刺的词汇了，其实表演欲，岂不就是让我们用瞬间转移法，不动声色到达诗与远方么？作为凡夫俗子，既无害他人，又有益身心，演演也好。

见到你后更寂寞

风雨如晦，鸡鸣不已。

一个那么不安的世界，四乡如墨，风雨交加，就在几乎难以承受的时候，发生了一件事：既见君子，云胡不喜。

这两句诗，最常见的解释是，终于见到了心上人，又怎么能不高兴？——之前的风雨、鸡鸣，都像是给那焦灼又期待的心情配乐的鼓点，繁锣密鼓，在见到君子的一瞬，天地为之一变。所有的不安，都在对方温暖的微笑中，安静下来。

这是我们都可以想象得出来的快乐，就是张爱玲在《半生缘》中所写到的，当世钧发现曼桢也爱着他时，那种感觉——“这世界上突然照耀着一种光，一切都可以看得特别清晰、确切。他有生以来从来没有像这样觉得心地清楚。好像考试的时候，坐下来一看题目，答案全是他知道的，心里是那样的兴奋，而又感到一种异样的平静。”

生而为人，从“物”的世界得到的快乐终究有限，最深的快乐，必定是来自于“人”的世界、“人”的感情。

世钧的感受，也是一个平凡人的至高幸福，照耀着他的那一道光芒，也曾在几千年前的诗经里，照耀过那个“既见君子”的女人。

然而，关于这两句诗，我觉得还可以有另一个解释：已经见到君子，可为什么，还是没那么快乐？还是高兴不起来？

“云”字是语助词，无义；胡，何，怎么。云胡不喜，如果解读为“怎么还是不高兴”，其中的滋味，便比原有的解释，曲折了好多好多。

我已见到你，怎么还是不高兴？并不是因为我不够爱，相反，所有的感情，到了深处，必有不安。

因为，我害怕变数，害怕阴影。害怕生活对感情的磨损，害怕命运扑朔迷离，害怕人心的厌倦，害怕天亮后一切都消失，害怕这是我们最后一次相遇，害怕我们的下一分钟，就不如这一分钟这么快乐。

我已见到你，可我还是很担心。担心这次见面中，我不够美好。记得有一首歌叫《漂洋过海来看你》，里面有句歌词：“为了这次相聚，我连见面时的呼吸，都曾反复练习……”正是因为如此珍重，才害怕失手打破，害怕相聚的时光，配不起此前对它的期待，和此后对它的缅怀。

我已见到你，可我还是很担心。担心我们内心，还有对方不能到达或者不想到达的地方。一个人时，听到外面风雨如晦，鸡鸣不已，感到孤独，理所当然。也因为是理所当然的，便没那么扰人。但“既见君子”之后，倘仍有寂寞，那才是最难将息。而我又怎么能保证，这样的寂寞不会发生？

通往另一个人的内心，是一条需要杀荆斩棘的路途。

我不确定你是否愿意付出精力，应邀前来。我担心，会看到一丝丝拒绝。尽管，既见君子，你与我在一起，但那微妙的拒绝，仍会被一双因为爱而格外敏锐的眼睛，悉数捕捉。

我已见到你，但我为什么还是无法高兴？

程英在乱石堆中，从金轮国师的手下救回了杨过。杨过躺在床上养伤，动弹不得，只见程英坐在桌前写字，一写就是一整个上午，写一张，出一会儿神，随手撕去，又写一张。杨过很想知道她在写什么，左问不说，右问不说。

后来我们知道，程英反反复复写的，就是那八个字：既见君子，云胡不喜。

杨过昏迷中把她误作姑姑，各种亲昵之言越礼之举，都让程英知道，他另有心上人。既见君子，云胡不喜？因为，他的温情，仿佛一种对比，使她的落寞更落寞了。像在寒风中，突然盖了一件衣服。这件衣服不属于她，但因为此时暖过，之后的冷，必定更冷。

王国维在《人间词话》中说过这句诗的。那一则是——“风雨如晦，鸡鸣不已”“山峻高以蔽日，下幽晦以多雨。霰雪纷其无垠兮，云霏霏而承宇”“树树皆秋色，山山尽落晖”“可堪孤馆闭春寒，杜鹃声里斜阳暮”，气象皆相似。

这四句如何相似，看过诸名家的解释。而我总觉得，这四句相似处，在于，都是寂寞。

寂寞具有漫延和复制的气质。所以，是高山深谷之间的霰雪，是每一座山每一棵树的落晖，这座山是这样，那座山也是这样，极目所及，都是一样。这一声的杜鹃啼，和那一声，也是一样。这一天，和明天，也是一样。

而最寂寞的，还是第一句。

思念是一种生活方式

朋友中有一对小夫妻，恩爱得令人羡慕，用我们家乡的话说，像锣鼓和槌，其中一人出现的地方，必能看到另一个。

其中有一天，是这对小夫妻中那个妻子的生日，晚餐上说起谈恋爱以来，丈夫送给自己的种种礼物，如数家珍——也确实是家珍。那些零零碎碎的礼物，就是一种宣言，宣告一个人的生活里愿意更多地留下对方的痕迹。

那些甜蜜的礼物中，有一串红豆手链，戴在女孩手上。红豆是相思最好的信物，我们熟知一首关于相思的诗就叫《红豆》：“红豆生南国，春来发几枝。愿君多采撷，此物最相思。”送对方红豆，其心意也是最明白的。

但是，我非常煞风景地想到，这首《红豆》，其实还有另一个版本的。也许是流传过程中笔误，总之，“愿君多采撷”这一句，被写成“愿君勿采撷”。

记不得这个版本是在哪里看到的，但是我记得初看到时心里一动，“多采”和“勿采”一字之差，却给这句因为过于熟悉而平淡无奇的诗句，一个非常奇幻的张力。

想当年，我涉世如此之浅，对“多采”和“勿采”的区别，都是文字上理解，全无切肤之痛。唯记种种资料上，都在说“愿君多采撷”者，即谆嘱无忘故人之意。就像这对小情侣一样，身处幸福的他们，又怎么可能想象得到“勿采”的好处。

如今我才知道“勿采”之好，好在哪里？好在苦涩。

在古代，交通不便，山长水远相隔，要见一面难之又难。杜甫诗云，人生不相见，动如参与商。这句诗中的痛切其实是很深的，想我们只能活一世，在茫茫人海之中，如此难得地爱上一个人，转眼间却要失散，或者说只能失散。被空间的距离，或者被命运之手，相思的人难以相见，甚至再也不能相见。这样一想，余下的一生何等寂寞，活着何等凄凉，这样的人，见到满山的红豆，又怎么敢采？怎么能采？采之欲遗谁？见都不忍见，又何言采？

多采像一种要求，要求你要想我。多采是一种享受，因为知道可以放心地相思，所以放心地采。多采是理直气壮，是情投意合，是“在一起”，是整个世界的成全。多采者如眼下这对小情侣，焉知勿采者的难过。

而勿采，是舍弃，是回避，是不忍碰触，是求而不得，思而不见。爱是难以割舍，但有时候又不得不割舍，有时候是因为相思的落空，有时候是对方的冷落和离开，那种痛，在我初读到“勿采”的版本时，并不能解。

那种痛，就像《围城》中的方鸿渐失恋之后，在远行的船上听到唐小姐的名字，他当时的感受是好像航行在黑暗中的大海上，对面开来的船上有自己朝思暮想的人，可是一瞬间，又彼此擦肩而过，再不能见。他拼命地说话，拼命地做事，仿佛在与心里的痛赛跑，不让心里的痛追上他。

这世界上，总是几家欢乐几家愁。就在短短的一场旅行中，见到了甜蜜的小夫妻，但也有孤身一人的行者。昨晚我读到同行的一个小姑娘写的一句好诗："你一定是横踞在我胸中的一个重洋，不可触及，一碰就是倾泻"——我并不知道作者的故事，可是这句诗让人想流泪。我想，这大概也是一个为相思所苦的人，然而，却思而不见，求而不得，她所能做的是什么呢？她不能像那小情侣一样"愿君多采撷，此物最相思"，她所能做的，只是默默地收起感情，装作从没有遇到你，从此隔山岳，她所能做的，就是对那些代表相思的物事，不要去采，绕道而行。

也许是软弱，对于痛都无法承受。据我所知，只有一个人，对于相思之痛、求而不得之痛，能够勇敢地渲染，把自己浸在这种痛中。

那是《射雕英雄传》中的黄药师。他对妻子阿衡相思难忘，兼之阿衡为他而死，他便想以死相殉。但他又自知武功深湛，上吊服毒，一时都不得便死，最后退而求其次地，终于造了一个墓室，在这个墓室里，他几乎抢来了他能抢到的一切宝物，都是给阿衡的礼物，尽管阿衡已经死去。

这个墓室成了黄药师的精神密室，这里尽是古物珍玩、名画书法，没一件不是价值连城的精品。黄药师纵横湖海，不论是皇宫内院、巨宦富室，还是大盗山寨之中，只要有什么奇珍异宝，他不是明抢硬索，就是暗偷潜盗，必当取到手中方罢，世界万物都成为表达自己的思念的信物。

黄药师的做法，也是“多采”一派，他将随时会遇到的每棵红豆树都砍下，全部移植到他阿衡的墓室里去。他不惧思念之痛，不回避，甚至知其不可而为之，坐拥一室宝山，是自己把自己浸渍在相思之痛里面。人生何等空空荡荡，他用思念将它填满，他一天在思念，就一天感到自己在“活”，思念的痛，是一件有质感的事情。

然而世间，究竟有几个人能如黄药师这般勇敢，这般不怕痛？多数的人，当求而不得，思而不见的时候，便只能扭转头去，告诉自己，尽快忘记。恨不能动个手术，像摘除阑尾那样，切割掉自己的感情，恨不得此生再也不要动心，恨不能明天一觉醒来，重新过上心如止水的生活，与那唤起相思的人、物、事，永不共戴天。

摧毁爱情的不是背叛，是对命运的无力感

每读一遍《半生缘》，都对沈世钧生出恨意。

其实，这个小说里的人，若要按坏来排序，怎么着都不会排到他。最坏的肯定是曼桢的姐夫祝鸿才，还有她的姐姐曼璐，本来怎么都不应该怪到世钧头上来，因为他也是受害者。

可后来越想，越觉得他可恨，大概是因为这么多人里面，只有他爱曼桢。我们能够接受陌生人对自己的坏，接受那些无关紧要的人对自己坏——因为他们并不爱我们，他们隔得很远，他们不管怎么做都无可厚非。但是对于爱自己的人，他就是我们的英雄，罩住我们，代表了整个人世的温暖。如果他也无能为力，麻木不仁，那才是人生最残酷所在。

有人说，如果忘了爱情是什么样子，就去看看曼桢和世钧刚刚爱上的情形。那两章的文字，确实令人陶醉。没有惊动任何人的恋爱，琐碎、秘密、温暖、自给自足。

这世界上突然照耀着一种光，一切都可以看得特别清晰、确切。他有生以来从来没有像这样觉得心地清楚。好像考试的时候，坐下来一看题目，答案全是他知道的，心里是那样的兴

奋，而又感到一种异样的平静。

“这是他第一次对一个姑娘表示他爱她。他所爱的人刚巧也爱他，这也是第一次。他所爱的人也爱他，想必也是极普通的事情，但是对于身当其境的人，却好像是千载难逢的巧合。……他相信他和曼桢的事情跟别人都不一样。跟他自己一生中发生过的一切事情也都不一样。”

《圣经》上的“雅歌”这么说：求你将我放在心上如印记，带在你臂上如戳记；因为爱情如死之坚强，嫉恨如阴间之残忍。

曼桢也曾有最心爱的物件，是世钧给她的戒指，那也是这份爱情的物化，她日日携带，正仿佛“放在心上如印记，戴在臂上如戳记”。在她被姐姐囚禁起来的时候，因为怕看到这只戒指，她一直反戴着，把那块红宝石转到后面去了。捏着拳头想办法时，那块宝石硬邦邦地在那儿，倒给了她灵感。她将这戒指给送饭的佣人阿宝，求她给世钧送个信——这也是她唯一的东西了。

但阿宝没有照办，转手将这个戒指交给曼桢的姐姐曼璐。曼璐在世钧寻来的时候，还给了他。曼璐原本的打算是，观颜察色随机应变地说点什么。而世钧这边，对这只戒指的反应是：“这就是她给我的回信吗？……假使非还我不可，就是寄给我也行，也不必这样郑重其事的，还要她姐姐亲手转交，不是成心气我么？……”

在没有说出口的猜测试探中，世钧达成了曼璐想要他得出的结论：

他认为曼桢是嫁给豫瑾了。他机械地离开这栋房子。其实在那个时候，曼桢正被幽禁在距离他不足几十米的某间房子里，她听得见来客人，她想喊救命，一张嘴才发现因为多日生病，“喉咙管里发出一种沙沙之声”。

出门之后，世钧便把那戒指从裤袋里掏出来，看也没看，就向道旁边的野地里一扔。

张爱玲写：“他要是带回家去看，就可以看见戒指上裹着的绒线上面有血迹，那绒线是咖啡色的，干了的血迹是红褐色，染在上面并看不出来，但是那血液胶粘在绒线上，绒线全僵硬了，细看是可以看出来的。他看见了一定会觉得奇怪，因此起了疑心——”但张爱玲也写，倘是这样，那就是侦探小说里的事了，现实生活里大概是不会发生的。

此句是为世钧解脱，也是张爱玲的小说观。她写小说，就是要贴着人生写，要把人性最暗的那个阴影，放在高清的显微镜下去察看。如果是好莱坞的电影，此时的世钧应该有所作为，一个小小的戒指往往是剧情出现逆转的好机会。但在张爱玲这里，她轻轻地放过了它。

这就是为什么一个大活人活活地从生活中消失，一个恋爱中的大活人活活地从恋人的视野中消失。没有战争，没有天灾，但却是比战争和天灾更加毛骨悚然和惊心动魄的日常生活。虽然在这之前，曼桢和世钧之间有误会，她身边所有的人也都加重这个误会。但是一个误会怎真的能令两个恋人生死相隔？这，与我们一直以来所理解的爱情是多么大相径庭。我们以为，一份爱，足以抵挡命运的颠沛流离，但事实则是——

她在离他不足一百米之处被活活囚禁，一别十四载，而他一无所知。这就是基本的事实。

张爱玲惯有的天才是把极其不可思议的事实，个中每一步都写得极其自然。一步步读来，你恨沈世钧的软弱，但你又看出他软弱的合理性，甚至看得出自己也可能如他这般软弱。看出这一点之后，你更加恨他——其实是恨自己，恨这个与想象中大相径庭的真相。

爱又如何？沈世钧也在爱着。他不是坏人，他也不薄幸，他是一个温暖的好人。但生而为人，他携带着普通人最熟悉的软弱、无力、雾数、就汤下面，在普通人未必有机会遇到的生活的惊涛骇浪前面，他就是自身难保的泥菩萨，是懵懂的被害者。张爱玲所孜孜以求、乐于展示的，就是对我们普通人来说在劫难逃的无力感。

爱真的能让人变得伟大么？如爱尔兰诗人罗伊·克里夫特所写，“我心里最美丽的地方，却被你的光芒照得通亮，别人都不曾走那么远，别人都觉得寻找太麻烦，所以没人发现过我的美丽，所以没人到过这里。”张爱玲给出了与克里夫特截然相反的结论：“我心里最软弱最无能为力最阴暗的地方，却被你的命运照得通亮，别人都不曾走这么远，因为未必人人经受这样的命运。”

一定是在恋爱中认识无常的

有一天他突然不理你了。

其实之前也谈不上理你。你们只不过比一般的同学多了些偶然的对视。你坐在班上第二排，他坐在第六排，之间隔着的四排座位，正好是你近视眼的极限。总有那么几次回头，刚好碰到他的眼神，慢慢地变成一个有所期待的游戏。某天放学，他刚好在你家附近碰到你，然后他知道了你家地址，在没法天天见面的暑假，他到你家去找你，在你爹妈戒备又好奇的眼神中，邀请你跟他们几个男生一起去打羽毛球。

你们的交情也就这样了。但是你知道他喜欢你。你每天晚上飞快地做完作业，想早一点躺到床上去——睡前时分，便可以独自尽情地把白天的一切细节回味一遍。他今天放学路上和你说了句什么话。他说周末来你家和你一起做作业。你停单车的时候，不小心把头撞到铁栏杆，他伸出手来似乎很想摸一摸你的头，但又意识到不合适——你们连手都没牵过呢。总之，如此种种，每天睡前，复习一遍。

可是不知从哪天开始，他不太理你了。他不去你家找你了，不约你打球了，你回过头去捕捉他的眼神，他没有回应。你意识到你们之间未被命名的额外的情谊，已经被偷偷修改了性质，他成为路人甲。你在每天入睡前更加仔细地回味自己的一切，想找出破绽，或找到任何他不便言明的误会。找不到答案。

最初你想象，过几天如果他又恢复了热情，他又开始找你了，那么你一定冷笑地说，哟，你还记得我啊？然后骑着单车绝尘而去。他一定会猛踩单车追上来解释。你在这样的想象中感到阵阵快意。可是这个想象终于没有上演，时光越过越远，看来它永无上演的机会了。

到了那个月的农历十五，月亮圆圆地悬挂在天。忽然想起，在上个月的农历十五，那天晚上，他去你家喊你出来吃炒冰，还指着天上的圆月说，下个月月圆时一起去堤上看看。那句话被反复地回味了多少次，每想一次都一阵狂喜。但现在想来，却是一阵尖锐的痛感——那时候还是尖锐的痛感，很久之后，就变成钝痛。

一定是他遇到什么无法解释的事。其实如果他喜欢上别人倒也好了呢。你想。却没有发现这样的线索。最后你猜，很可能是他突然感到了畏怯。

你怀疑，一个人拥有的魅力只够维持那么一段时间，过后便像十二点之后的灰姑娘。那场恋爱的雏形也许是凭借着一点幻觉才得以进行，也许是某天，在你过于热切的眼神中，在你过于频繁的小纸条中，那点幻觉在他的头脑中突然破灭。

在那个时候起你已经看到生活的神出鬼没，仿佛在瞬间理解了世间男欢女爱的总和。

“巨婴男”是如何炼成的

看《围城》，无意注意到一个以前没注意的细节。方鸿渐在三闾大学开始他的教书生涯，常感到囧，讲课时仿佛衣料尺寸不够硬要做成称身的衣服，课堂气氛又闷，学生时不时缺课，种种沮丧时，他突然感慨了起来——回国后这一年来，他与他父亲疏远得多，在从前，他会一五一十禀告父亲方遯翁的。只是现在他想象得出其回信不外是纪念周上对学生说的话，自己在教职员席里也旁听腻了，用不着千里迢迢去招来。

这细节真叫人诧异，其时方鸿渐已经 28 岁，去欧洲留学四年回来，三闾大学教了快一年的书，是一个回乡消息要被登当地报纸、回乡后要在本地中学演讲的人物，这时候遇事还想着“在从前，会一五一十禀告”，真不知道让人要称赞他的乖顺呢，还是奉他为巨婴。

其实方鸿渐对父亲的态度甚为矛盾。一方面他清楚父亲的见识，这个前清举人、小县乡绅，方遯翁，很可能是“最爱说教的家长联盟”组织的重要成员，平生名言是“赠人以车，不如赠人以言”。对方鸿渐的婚事，他所赠的言是“嫁女必须胜吾家，娶妇必须不若吾家”，初见儿媳妇孙柔嘉，所赠之言则是“家无主，扫帚倒竖”，意思是柔嘉要在家里管家才是，不要外出做事，这建议成为日后小夫妻诸多争吵根源。

方遯翁还自信“不为良相，便为良医”的古训，桌面上录着《镜花缘》中的奇方，给他怀了孕的三儿媳妇开的方子是：豆腐皮一张，酱油麻油冲汤吞服，因为豆腐皮是滑的，麻油也是滑的，在胎里的孩子胞衣滑了，容易下地。

其实，方鸿渐对父亲很了解，因此谈不上信服，比如他父亲听说他失恋了，误以为是与苏小姐，方鸿渐也不敢纠正父亲的误会，唯恐他会大笔一挥，直接向唐小姐替儿子求婚，方遯翁是会闹这种笑话的。

但同时，对这么个父亲，他有事却总要一五一十地禀告，方家逃难住在上海租界时，住周家的鸿渐，隔一两天就到父母处请安。这一方面是我们传统文化伦理的影响，“君子有三畏，畏天命，畏大人，畏圣人之言”，另一方面，也许因为方鸿渐需要一个“父亲”的角色，来作为他的禀告对象。这个父亲借现实中的父亲为实体，事实上只是借了一个名分。或者这么说，巨婴都需要一个父亲，遇事可以一五一十地禀告。

方鸿渐其人，甚有巨婴人格的影子。他看似玩世不恭，其实，与其说玩世，勿宁说是糊涂。例如制作假学历这事，当时他的想法是：“父亲和丈人希望自己是个博士，做儿子女婿的好意思叫他们失望么？买张文凭去哄他们，好比前清时代花钱捐个官，……反正自己将来找事时，履历上决不开这个学位。”

确实他自己从没有主动提过这个学位，但不提不等于没做过，污点已经形成。待到苏小姐知道这件事之后，他——“把丈人和假博士的来由用春秋笔法叙述一下，买假文凭是自己的滑稽玩世，认干亲戚是自己的随和同随俗——”这些解释，有一种自以为老练的笨拙，一种掩耳盗铃的天真，一个老实人干的丑事，总像枚沉默的炸弹在那里，不知何时会被引爆。方鸿渐的情商不足以从容地解除后顾之忧，后来他因此如何自取其辱，我们也不须多说了。

而他与苏小姐的暧昧就更冤了。苏小姐需要他的爱意，这是苏小姐的需要，方鸿渐却没有能力去抵抗这样的要求。爱上唐小姐之后，方鸿渐更觉得应该与苏小姐疏远，书上说，他迫于苏小姐的“恩威并重”，还时不时往苏家走动。——“他只等机会向她声明并不爱她，恨自己没有快刀斩乱麻的勇气。”其实根本不是因为苏小姐的恩威并重，而是方鸿渐没有力量，去面对与别人情面上的破裂。

在这么“拖一天算一天”的麻痹中，他获得一种心理舒适区。人在做蠢事的时候，未必不知道后果，都是出于软弱，假装不知道。

方鸿渐也一样，他去苏小姐家一次，回来就后悔一次。但是，他对自己的生活有一种乡愿式的、“维稳胜于一切”的心理，“好比睡不着的人，顾不得安眠药片的害处，先要图眼前的舒服。”

在圣埃克苏佩里的小说《小王子》中，小王子离开他的星球，访问了几颗星球，遇到了各种各样的人，其中有一个酒鬼，令我印象最深。酒鬼默默地坐着，面前放着一堆空酒瓶和满酒瓶。“你在干什么？”小王子问。“喝酒。”他答。

“为什么喝酒？”

“为了忘却。”

“忘却什么呢？”

“羞愧。”

“羞愧什么呢？”

“（羞愧）喝酒。”

方鸿渐从开假学历到与苏小姐暧昧，到最后失去真爱唐小姐，都有点像一个广义的酒鬼，在生活中带着酒精给予的醉意，麻木地往前走着，抱着没理由的乐观，相信他的拖延和逃避，能使事情变好，能使坏事情不被命运发现。

然而方鸿渐不仅是糊涂的软弱，他还有任性之后的强硬。在三闾大学就混不下去，没接到高松年的聘书时，他恼羞成怒，只想发封信去发泄怒骂，倒是孙柔嘉比他成熟得多，阻止他说这么干全无必要。他内心善良厚道，却易让人（尤其是强势的长辈）看不上，比如刘东方的太太就认为姓方的小子挺无能的，孙柔嘉的姑姑也认为自己的侄女儿配错了人，但以方鸿渐的抗挫能力，对此只有闹翻，有点像小孩子对不满意的局面一阵搅浑。他的自卑心理，像战时物价一样高涨，以至于赌气说要养条狗，说那样就算世界上还有件东西比我都低，要讨我的好。

这样的无能和赌气，都是巨婴人格的典型。孙隆基在《中国文化的深层结构》一书中说，中国人认为接受他制他律是好的，一个人人格有问题时，也往往不是从这个人本身去追寻这种毛病的根源，而是回到教育者身上去。如，养不教，父之过，教不严，师之惰。孙隆基此说很有道理。同时，也因为接受他律是好的，他也需要为一个人（在方鸿渐这里，则是父亲）去“事事一五一十地禀告”，这并非一种忠实，更是一种自我暗示，一种他制他律的暗示。

巨婴需要一个人来帮他负责任，这个人首先当然是父母，成年之后父母力不从心，那么，这个臆想中可以“替自己负责”的人，其实就是全世界，仿佛全世界都应该为他的错误掩耳盗铃。不然的话，任性或自怜，其实都是赌气。方鸿渐与苏小姐暧昧也好，气呼呼想写信责骂校长高松年也好，归根到底都是同一种性质，是一个软弱的老实人不断地逃避对自我的负责。

方鸿渐的女人缘为什么那么好?

前不久我写了篇文章说方鸿渐是“巨婴”，我的朋友圈里可不满了。朋友蝈蝈说，鸿渐虽说是巨婴，但是他很受女人欢迎啊：身材个性都火辣迷人的鲍小姐在一船留学生中首先看中方先生，高冷才女苏小姐对自己的爱珍藏多年后决定把机会给一个人，也选中方先生，孙柔嘉“千方百计”要嫁给他，唐小姐也有迹象表示已动心。总之正如他前丈母娘所说：瞧不出你这样的一个人，倒是你争我抢的一块好肥肉。真是话糙理不糙。

我的另一著名朋友闫红表态，如果方鸿渐和赵辛楣放在她眼前，她也喜欢方鸿渐。她说方鸿渐生动有情趣，而赵辛楣的感情太没有私人感，青梅竹马的爱情，顺理成章到没有灵魂出窍的瞬间。闫红甚至声称自己觉得自己与方鸿渐是一路货色，并表示她喜欢方鸿渐，也可能是自恋。

朋友们话都说到这份上，不由得我多想了一下，方鸿渐的魅力何在。对我来说，方鸿渐最让人难忘的，大概是他和赵辛楣带着孙柔嘉长途跋涉去三闾大学时。当其时，他心里想着唐小姐，赵辛楣想着苏小姐，都与孙柔嘉无关。一个男人，讨好关心自己的心上人很正常，对于无感的女人如何表现，才真正流露他的品性。方鸿渐对孙柔嘉的表现，表现出他是个没有“直男癌”的人。

他听赵辛楣说孙小姐没有差旅费，便替孙小姐打抱不平，叫辛楣一定要为她向当局去争，还说“真是，我们太无礼了，吃饭的时候我们讲我们的话，没去理她，吃了饭就向甲板上跑，撇下她一个人，她第一次离开家庭，冷清清的更觉得难受了”。

下雨天里孙小姐把阳伞借给李先生，结果阳伞洇了水，李先生衬衣变脏。大家忙成一团，也只有鸿渐会替孙小姐爱惜这顶伞，吩咐茶房拿去挤了水，放在茶炉前面烘。旅途上听到辛楣分到好房间，方鸿渐的第一反应也是“好房间为什么不让给孙小姐？”。

判断一个人是否厚道，一是看他如何对待无关紧要的人，二是看他如何看待旧情人——假如苏小姐可以称为旧情人的话。那一段简直惊心动魄，苏小姐的刻薄无礼，让我等读者都心疼方鸿渐了。也难怪我等心疼方鸿渐，他往常那一口刻薄妙语，此时全展示不开，像一个睡眠不足的专栏作者，这天写的每句话神采全无，只求赶紧收尾交稿。正因无力伪饰，所以倒显示出他本质上最窝囊老实的那一面来。

苏小姐把话题扯到同学聚会上，暗示大家聚会不请方鸿渐，方鸿渐却直愣愣往坑里跳，问道：“咱们一班有多少人在香港？”这一问，正好给苏小姐说狠话提供了方便：“哟方先生，我忘了你也是我们同班，他们没发帖子给你罢？”方鸿渐默默无语。苏小姐又说：“我看辛楣近来没有从前老实，心眼也小了许多，恐怕与他这一年来结交的朋友有关系。”方鸿渐再次默默无语，夫人柔嘉简直坐不住，注视鸿渐，鸿渐只有“又紧握着椅子的靠手”，为防自己跳起来，然后赶紧告辞。

告辞后他这才反应过来，仿佛专栏作者交稿之后，补睡一觉来了精神，这才后悔很多妙句没有写进去。他闷闷上车，心想：“自己从前对不起苏文纨，今天应当受她的怠慢，可气的是连累柔嘉也遭了欺负。当时为什么不讽刺苏文纨几句，倒低头忍气尽她放肆？事后追想，真不甘心。”

作为一个同样欠缺急智的人，我理解方鸿渐此时的窝囊懦弱，并且深信他接下去会因此受到老婆诘难。他的双头受气，算是自取其辱。但我要说，他让人鄙视的是窝囊，最让人同情理解的，也是窝囊。这份心有戚戚焉，要而言之，可能是我自己常常体会的，因为糊里糊涂而对生活轻度失控的感觉。

他去讲座时到了现场才发现忘带讲稿，满头大汗，只好信口胡诌，结果讲了一大堆梅毒鸦片的理论。这件小事仿佛一个隐喻，正是他对生活轻度失控的象征。说来他那小半辈子简直事事不顺，银行做事吧，莫名其妙因得罪前丈母娘而丢了这份差；三闾大学教书吧，莫名其妙搞不好人际关系拿不到聘书。他的生活似乎总是轻度失控，说轻度，是因为他全无攻击性，不是因为他“有所为”而失控，而正是因为“无所为”而失控，是一种漫不经心、糊里糊涂之下造成的失控。

曾听妙论，对能喝酒的男人来说，常常喝醉是不好，但从不喝醉也不好。套用此话，常常对生活失控的人固然有问题，但从不失控的人，也是可怕的人。

英雄和小丑一线之隔，风光和狼狈比邻而居，大笑的时候不要那么大声，因为隔壁也许正有人哭泣。从不失控的人，是紧绷着与丝毫错误不共戴天的人，要么极狠，要么极闷。

方鸿渐作为一个失败者，他的迷人就在于那种因为心灰意懒而来的失败。吾友闫红说她与方鸿渐心有戚戚焉，也是因为他们那同一种心灰意懒。而我一向认为，易心灰的人往往因为聪明，因为更易看到事物的究竟，便也索然无味了。方鸿渐是个很聪明的人，尽管他的聪明没有一点用到正事上，他的聪明全无用处，他整个就是全无用处的一个人。赵辛楣也这么评价过他，而他也郁闷地承认说得对。

他的聪明只需看他那些刻薄妙语便可见其一二了。比如他说“拍马屁和说情话一样，不能有第三者在场”。又比如他说“结婚的那个人，与谈恋爱时是不同的两个人”。都是隽永警句，流芳千古。这些刻薄的妙论，也是因为他不是一个伟光正，伟光正的人不能理解别人的歪，更难理解自己的歪。但又因为他拿自己的聪明毫不在意，他是那么一个“全无用处”的人，所以生活里一团糟糕，却还忍不住把一句句得罪人的聪明话说出来，贪图那一时的、得罪人的爽快。

看书时觉得方鸿渐这么一个失败潦倒人不堪一爱，倒是朋友们的观点令我颇有启发——因为看书时，看到钱钟书毫不吝啬地写出了这么一个人的可笑之处，我们很难相信，自己完全也可能同样可笑。事实上，多数普通人，由钱钟书犀利之笔写出来，可笑之处怕是不比方鸿渐少。所以，在书里看起来充满破绽的这么一个人，方鸿渐，如果站在我们跟前，也许确是有魅力的。不要说方鸿渐这样的普通人，就算一些反面角色，真要是在生活里碰到了，说不定也有让人爱上的魅力，比如，张爱玲《金锁记》中的季泽。

这也是一个朋友的雄论，初听真是大为诧异，但后来细想，倒是要为自己的诧异而诧异了。谁说一定要好男人才迷人呢？季泽确实是一个反面角色，但是看看张爱玲的描写："他眼里有一种潇洒的不耐烦……把那交叉着的十指往下移了一移，两只大拇指按在嘴唇上，两只食指缓缓抚摩着鼻梁，露出一双水汪汪的眼睛来。"那种动作和表情，难道不是一种独特的性感？而我似乎头脑里有所设定，认为人只能喜欢正面的光明的人物，对于反面角色，或者潦倒失败的人物，似乎很难去想象其活人会有什么魅力，这也许是另一种意义上的被洗脑。

别谈什么感情了，不过是月亮与东风的合谋

吾友闫红说郑愁予的《错误》是一首绝情的诗，她说中国文人喜欢抒情，这种心冷意冷的诗倒是难得，还有崔健的：“你要我留在这地方，你要我和他们一样，我看着你默默地说，噢，不能这样。”徐志摩的：“你有你的，我有我的方向，你记得也好，最好你忘掉。”都是绝情。

很有道理。《错误》这首诗，初看浪漫，细看冷酷。而这冷酷，还是双重的，第一重是，“我”直言自己只是个过客，不是归人，请不要对我抱有任何期待。第二重是，它冷冷指出，“你”若心动，不外因为寂寞——“三月的柳絮不飞，你的心如小小的寂寞的城，恰若青石的街道向晚。”正因这寂寞，哒哒的马蹄声破空而入，才格外扰人情思。

确实，中国人情浓意浓的句子，从来不缺，一本花间词，多少荷尔蒙：“春日游，杏花吹满头。陌上谁家年少，足风流。妾拟将身嫁与，一生休。纵被无情弃，不能羞。”这狂热的一见钟情固有感染力，却也叫人迷惑，荷尔蒙随时凌空而来，自然也会随时而止。

而那“哒哒的马蹄声”，在充满荷尔蒙的男女之间，即便知道是错误，

也只恨不能多发生几回。“竹里风生月上门，理秦筝。对云屏。轻拨朱弦，恐乱马嘶声。含恨含娇独自语，今夜月，太迟生。”——如此期待你到来时的马嘶声，只恨今天晚上的月亮，升得太迟太迟，若月亮早点升起，你便可早点来。我们不要诗与远方，倒不如让眼前的苟且来得更猛烈些吧。

月亮的功效被这个等待情人的少妇看得清清楚楚，月亮，确是一个易给人类酿造错误的事物。而对于天底下的错误，又有多少人愿意扫兴地写明？即使写了以《错误》为题的诗，起码要像郑愁予那样，处理成一个风花雪月的浪漫外表。多数人明知是错误，却“耳朵里，鼻子里，都是抵制不了的”，就像那个莫名其妙地亲了苏文纨一口的方鸿渐。

在《围城》里，那天是旧历四月十五，暮春早夏的月亮原是情人的月亮，苏小姐家里人都出去了，她叫方鸿渐陪她去园子里看月，两人坐到六角小亭子里，方鸿渐才觉得这情势太危险：

“鸿渐偷看苏小姐的脸，光洁得像月光泼上去就会滑下来，眼睛里也闪活着月亮，嘴唇上月华洗不淡的红色变为滋润的深暗。苏小姐知道他在看自己，回脸对他微笑，鸿渐要抵抗这媚力的决心，像出水的鱼，头尾在地上拍动，可是挣扎不起。他站起来道：文纨，我要走了。”

苏小姐处心积虑制造了这么一个良辰美景，怎肯轻易放过，只强留再坐。方鸿渐老实说，这月亮会作弄我干傻事。

接下去的事情我们都知道了，方鸿渐无法战胜神奇的荷尔蒙，他吻了苏小姐，但是这个吻分量很轻，“只仿佛清朝官场上茶送客时的把嘴唇抹一抹茶碗边，或者从前西洋法庭见证人宣誓时的把嘴唇碰一碰《圣经》”，他以为这吻分量轻，所以可以不当作自己爱她的证据。而这边厢的苏小姐，却对惹事的月亮充满了感情，她一边甜醉地笑说：“月亮这怪东西，真教我们都变了傻子了。”一边满心快活地想着两句话：“天上月圆，人间月半”。

这一吻对方鸿渐影响之大，简直可以说祸及一生。他因为吻了不爱的苏文纨，错失真爱唐晓芙，多年以后还拖累自己太太孙柔嘉被苏文纨各种羞辱，真是一吻千古恨。这个事情，可以写一篇论文叫《论潮汐对狼心人族雄性惑乱之影响》（因为潮汐跟月亮是有关系的）。大概在1999年夏天，歌坛上流行一首歌叫《月亮惹的祸》，我们可以大胆猜测，此歌作者受到方鸿渐一事的启发。

“我承认都是月亮惹的祸，那样的月色太美你太温柔，才会在刹那之间，只想和你一起到白头。我承认都是誓言惹的祸，偏偏似糖如蜜说来最动人，再怎么心如钢铁也成绕指柔，怎样的情生意动，会让两个人拿一生当承诺，我承认都是誓言惹的祸，偏偏似糖如蜜说来最动人，再怎么心如钢铁也成绕指柔。”

世间真正深情之人，毕竟是少。多数人的感情，不外若方鸿渐那样，像张宇歌中所唱那样，被月色蛊惑，被荷尔蒙和一两句誓言催眠，瞬间仿佛到白头也是弹指一挥间的事，做成了臆想之中的情场英雄。只有很少的一部分人，在这感情到来之时，犀利地反高潮。像《皇帝的新装》

中那个讲真话的孩子，又像一个急于撇清的薄幸之人，指天划地地说，其实，我们并没有什么了不起的感情，这一切不外是旁的事物的错，比如，是月亮的错，是风云际会的错。比如，是这东风不来的错，是这柳絮不飞的错，是这马蹄声太响的错。

也或许是因为，心是珍贵的，所以才轻易不谈到心，不让它在谈论中被氧化。反往它周边的事物找原因，比如《枕草子》中，便比比皆是这样的习惯。

“不管它夜间还是天亮，门禁也并不是那么森严，时常有什么王公或是殿上人到来访问，格子窗很高地举起，冬天夜里彻底不睡，这样送人出去，是很有风趣的事。这时候如适值有上弦的月亮，那就觉得更有意思了。男人吹着笛子什么的走了出去，自己也不赶紧睡觉，同女官们一同谈说客人的闲话，讲着或是听着歌的事情，随后就睡着了，这是很有意思的。”

“其时天已暗了，室内却也不点灯，只靠了外面的雪光，隔着帘子照见全是雪白的，用火筷挑着灰消遣，互相讲说那些可感动的和有风趣的事情，觉得是很有意思。这样过了黄昏的时节，听见履声走近前来，心想这是谁呢？向外看时，原来是经常在这样的时候前来访问的人。说道：今天的雪你看怎么样，心想来问讯一声，却被不关紧要的事情缠住了。在那地方耽搁了这一天。……他从昼间所有的事情讲起头，在破晓的时候，客人这才预备归去，那时微吟道：雪满何山。这是非常有趣的事情。”

感情的产生，往往都是那么些偶然的事物造成。——有时候，是格子窗外适值有上弦的月亮，有时候，是男人走出去时的笛子声，有时候，是映着雪光的炉火，爱情原来别无他事，就是在那么一些微妙的时分，由旁的不相干的事物，一起合谋催化。若能冷心冷意地看出这些，不要轻易说感情，那，倒也清爽。

乡村是由秘密组成的

吾乡有个传说，灶王爷（吾乡称为“申命公”）每年年底要回天上去，汇报这一年驻扎人间的所见所闻。于是，每家每户到年二十五，便用糯米制的糕点祭拜之。糯米黏，会黏住灶王爷的口，他到天上便无法开口说这家人的坏话。

小时候，我觉得这个传说告诉我们一个道理：大人是一群做贼心虚的家伙。另外还告诉我们一个道理：神仙是一群用糯米糕就能糊弄的家伙。可是现在，我特别喜欢这个传说，它用儿童式的荒诞，说出了人间诸事的是非难言、善恶难解、百口莫辩。

前几年有个夏天，我接受一个系列采访，经常在吾乡乡下一带游荡。乡村的秘密第一次向我浮现，是某一午后，某个村里，正在“驶田”空隙的某个阿伯，在讲述果树的移植、拖拉机的驾驶技巧、西瓜酒的制造工艺之后，突然往那边一指，说以前他有一个相好，西瓜酒酿得特别好，婆家是那边村子里的人。

我问道，她是你结婚之前的女朋友？尚不及为自己文绉绉的词不达意惭愧，便见阿伯爽快地哈哈大笑，说，当然不是！是结婚之后的相好！

那时候我们晚上上厕所要去外面上，我夜里从家里出来去她家，如果万一被人撞到就说我是去上厕所。

需知在谈论农作物种植秘籍、田地分配方案等之余，突然说到这个带着荷尔蒙气息的话题，是多么突兀，多么不搭配。让我纳闷的是，阿伯怎么这么信任我？干吗要跟一个萍水相逢的记者，提及与采访主题全不相干的秘密？他不担心秘密被陌生人知悉？

后来发现，正是因为是陌生人，所以可以知悉。因为另一天，另一个阿叔，邀请我和同事娟娟到邻村去看果树除虫。那场短途小旅行我印象很迷糊，因为疲劳，我已经厌倦乡村这个系列采访，厌烦总在眼前飞个不停的飞虫苍蝇、下了雨之后踩踏上的每一块泥巴都可能混杂着动物的粪便、半夜随时会叫起来的邻居的鸡和狗。所以那一天，我的观察力极为迟钝。

我和娟娟跟着阿叔到了邻村，先把单车停到村里一户人家去。院子里没有人，阿叔在熟门熟路地翻找农具，戴上斗笠，冲好茶，然后招呼我们喝几杯茶再下田去。

中午的时候，阿叔又带我们到这家人吃饭。家里的男主人和女主人都从地里回来，见到多来了三个客人，也不觉意外，只是多烧了几个菜。

回来后娟娟告诉我，那一家的女主人，是阿叔的情人。大惊，问她何有此论？她说到诸多细节，只是那些细节，因为我当天的疲惫，被迟钝地忽略掉了。她说，因为我们是过客，所以阿叔并不避忌，反而对娟娟直言相告。

我和娟娟对阿叔家里算是熟悉，夫妻那么相爱，何以会在一份完整饱和的感情之外，还有隐秘的枝节。我原以为，在这被平稳秩序所笼罩的乡村中，岁月静好是以波纹不惊的情感为前提的。

而这种暗流汹涌、善恶难辩的感情故事，也与之前我对村庄的期望和想象极为不同，一时间，我有点找不到感觉。

厄普代克的小说《村落》中，扉页写着一句话:“村落就是由秘密构成，无需密闭，但一定要窗子少一点的房子构成。”——多年前，就像不理解灶王的传说一样，我同样不能理解这句话：“村落由秘密构成。”一个城里长大的人，最初时，怎能想象那代表着质朴和豁朗、诗意和洁净，在开阔的田野、无遮无拦的庄稼中，与阳光雨水沆瀣一气的村庄，怎么会是由秘密构成?

那次采访之后，我知道自己完全不了解乡村。之后在城市里，我仍会看到乡村的子集——在工地上蹲坐着吃饭的男人，在周末的天桥上聚集着的打工女人。但我们未必听懂他们的笑声。

抒写乡村的方式，类似于陶渊明式的审美指认——我自己也曾采用这样的语感，因为这是这支笔去得最熟的路径，是我们都希望有的、随时可以折返的故里——现在，我也知道这种叙事美学和文艺习惯的浅薄。

秘密这个词，如厄普代克所说，它也许是村庄——不，是所有有人生活的地方——的一个核心词汇。一个人心里可以藏纳的秘密之多，也许超出自己的想象。一个家庭、一个村庄藏纳的秘密之多，则仿佛是显微镜镜头下的细菌王国。而秘密也像细菌一样，保持了精神上的肠道的菌群平衡和酸碱平衡。

少年时代，以为事无不可对人言，以为光明的对立面只能是黑暗，以为秘密即是不洁。唯有成长，能让人懂得泥沙俱下，从水至清则无鱼到浑水摸鱼，也许才是生活真相。

土耳其努里·比格·锡兰导演了一部电影叫《三只猴子》，跟他的其他片子一样，很压抑，很混浊，在混浊中体现饱满。它就是一个讲述“秘密”的片子。司机尤波的老板开车意外撞死路人，让尤波顶罪，并答应出狱后会付尤波一笔钱。可是相爱甚深的妻子却在尤波入狱后与老板私通。

这就是一个家庭隐藏的秘密。相亲相爱的日常生活，与这种惊悚的题材，只有一夜之隔。仿佛疯子与正常人只有一线之隔。崩溃和飞扬，昼与夜，理想和阴谋，纯洁和污秽，危险与安全，都全只有一线之隔。而片子在叙述这个事实的时候，却像一个玩世不恭的花花公子那样，全不走心。

所以，所有的秘密，只要“不看，不听，不说”，它就不存在，它就可以假装表里如一的平静光洁，这也是片子标题的意义所在，三只猴子，是日本禅宗中的三不猿，“三不”指的就是“不看，不听，不说”。

此时再想到吾乡的灶王爷，他岂不正是那三只猴子？因为难言是非，说不清道不明的人间诸事，不予判断，不加毁誉，只做一个被糯米糕封住了口的神仙便好了。那只是最亲切的神仙，天天见到，事事亲睹，却心甘情愿地被糊弄。那不是被糊弄，那是自甘糊涂。

承认被命运薄待的部分，

也承认自己的耿耿于怀，

用尽全力把它挖出来，

直达最深处。

唯在渡涉苦难时
可以领受

不平凡的世界

上大学那年，路遥刚去世不久。在他去世前一年，《平凡的世界》获得第三届茅盾文学奖。这个事情曾让我暗暗地为路遥高兴，倒不是我有多喜欢这小说，而是因为，大家都觉得这部书是他用命换来的，他是被这部“三部、六卷、一百万字”的长篇小说给累死的。那么，起码他去世前一年就知道了它获奖的消息，这是最好的安慰。

那一年或者说那几年，《平凡的世界》很红火，我们班的同学基本分成两个阵营，一个是非常喜欢的，一个是很无感的。我后来总结了一下，无感的人群，多数是因为“出身”比较好，家庭环境优越，他们对底层人的奋斗故事感到隔靴搔痒。而非常喜欢的，则多数是质朴的同学——这种“质朴”有两层含义，一是生活的质朴，他们经历过相对困难的生活，二是心灵的质朴，他们的心灵更容易被打动，尤其容易被美好单纯、简单温暖、积极向上的事物所打动，他们同时也经常被《读者文摘》打动。

其实这个小说的故事模版是很容易总结出来的，底层的人们在奋斗中为自己挣得了幸福，他们的幸福是一手一脚换来的，因为他们的勤奋、忠厚并且英俊，他们先后都获得了高官子女的青睐——他们的对象的父亲确实都拥有某个职位，那个职位，我想大概是路遥心中的一个象征吧。

如此看来，这个波澜壮阔的六卷本长篇小说，似乎也可以视为一个成年人的童话。大家也知道，模式化的故事究竟是不高明的，种种模式后面，甚至可以窥见作者本人以及对此大为欣赏的读者们的某种心理，在创作和阅读中，主人公都可以在某程度上代表作者和读者。当年某个青年报曾做过一个调查统计，得出结论是全国青年受影响最大的小说名单中，《平凡的世界》名列榜首。我们班上的小 V 同学是一个聪明过人又嘴巴不饶人的女生，她得知这个数据之后，一边用“摩丝”捯饬她那永不驯服的刘海，一边撇嘴说：那就说明全国青年人之中有很多都想得到省委副书记女儿的青睐。

实话说，在当时我觉得小 V 同学见识和观察力都很赞。年轻人是最容易看不起人的。小 V 是其中之一，我也是其中之一，一旦听人说“我写文章不为利不为名，是为了理想”这样如此之类的言论，我和小 V 便交换一个撇嘴的表情，心里想，他这样代表理想，理想知道吗？

直到后来，应该说很久以后了，我无意中阅读了路遥写的一篇长篇散文《早晨从中午开始》，那个时候，我的某些看法已经有所改变。

路遥用半本书的篇幅，仔仔细细地写了他创造《平凡的世界》这个长篇的历程——包括写作历程和心路历程。他说到，那十年时间，他完全过着“非人”的生活，光是查资料，便使手指头被纸张磨得露出了毛细血管，搁在纸上如同搁在刀刃上，只好改用手的后掌（那里肉厚一些）继续翻阅。他抛家弃儿住到煤矿去，那里粮食很有限，他却连抽出半小时的时间到河对面的小卖部去买都不行。每天中午吃完两个馒头一碗稀饭，然后“就像丢下襁褓中的婴儿一样匆忙地赶回工作间”。他甚至说，在那种状态中如果家中老人出什么事，他也无法抽身回去处理。小说写到最后，他的手痉挛如鸡爪，完全握不住笔，要在热水里泡很久才恢复正常。小说彻底完成之后，在很长一段时间之内他的精神都处于崩溃状态，智力像几岁孩童，连过马路都需要思考良久。

看到这些，我都心里暗暗紧揪，一方面觉得所为何来，另一方面又隐隐觉得，这样的代价，由外人来评说值不值得，是不应该的。

后来我自己也写作，知道了人有才气高低之分，天才是很少的，而且有一些东西也未必靠学习能够得到。像无数写作者一样，当我觉得自己写得不好，最简单最直接的做法就是不写了。而且这个做法也最骄傲，也最清高，姿态也最优美。反正我用别的活法也饿不死。

但我还是愿意写，为了啥呢，反正肯定不是什么高尚的理由，也许就是惯性吧。但也许正因为我知道像我这样的人为数不少，慢慢地我知道，一些话语，未必只有才气很高的人才有权说出。

人活着，以财富和地位去判断别人，是一种势利眼，以才华和天分去判断别人，也是一种势利眼。

势利总是愚蠢的。卖命去写，疯狂去写，充满野心地写，耗尽生命地写，如路遥，他这么做，对他个人就是最大的意义了吧。

每个人只对他自己的生活负有责任，与他在这个社会上的坐标并无关系。他的牺牲只是为了他自己，但同样也是充满理想主义色彩的。他没有伤害任何人，他的选择，不应该受到嘲笑。当年那种自以为是的嘲笑，不但是功利的，也是轻佻。

每一次告别都是一场小型的死亡

有凤凰花的那一块天空，好像比别的天空蓝一点。这当然是一种错觉，物理学上可能是因为橙红色的花和蓝天正好是对比色。凤凰花开起来真是挥霍，一场大雨过后，地板落满花瓣，而枝头仍不见松懈。

凤凰花在五六月盛放，是毕业季的舞台背景。岭南的学校，从小学到中学到大学，校园里如果没有一棵凤凰树，出门都不好意思跟人打招呼——当你多年以后回首，你能找到一棵什么样的树，去怀旧去抒情去热泪盈眶呢？只有凤凰树，这是多么适合长在校园的树种，纵情盛放的树冠和不计成本的繁花，正如我们对于当下，仿佛是青春的互文。

“五月凤凰花似酒”，时光唰一声拉到 1998 年的盛夏。那一年的凤凰花，担得起酒的形容。花在枝头醉，酒在杯中转，在杯中度过的毕业季，回想起来，近乎眩晕。

到大四下学期我们基本就没课了。也许是有的，但是心理上觉得没有了。大家同心同德地专心致志地开始玩了。要毕业了嘛，毕业就不能这么玩了。要分别了嘛，分别前总要好好玩一玩的。

我被分配了一个任务，给毕业晚会写一个小品。要写小品嘛，当然需要合作者了，我赶紧把老王等几个要好的朋友拉来，形成创作小组。要搞创作，当然要开会讨论；要开会讨论，当然要出去吃饭；吃饭嘛，当然要喝酒。就这样的，不知喝了多少啤酒，小品长什么模样，反正我是没见过。后来有一次我终于急了，举着杯子指指点点：从明天开始，你，第一稿，你，第二稿，你，第三稿，最后，我审稿。话没说完，老王同学一巴掌打在我肩膀上：你，一个人去搞！

我喜欢和老王同学混就是因为她说话最刻薄。比如她讽刺我长得黑，说你晚上千万别出门，要不然会和夜色融为一体。我纵声大笑，她又说，笑也不行，夜色中只看到一副白牙飘动。

别看那时总是聚众喝酒，其实，我觉得酒挺难喝的。啤酒寡淡，白酒辛辣，有啥好喝。可我很虚伪，一直装出爱喝的样子。因为我喜欢的，是聚众喝酒的气氛，以及微醺之后言不成句的愉悦。我怀疑其他人也像我一样，只是把喝酒当作厮混的幌子而已。

老赵除外。老赵是真心爱喝酒。而且她爱喝的是白酒，喝时表情珍惜，抿嘴品味良久，仿佛心事重重。她还说，看不惯电视剧里那些大碗喝酒的人，动不动把酒杯酒碗往桌面上一蹾，酒能洒出来一大堆，喝的时候动不动又从嘴角漏出一些，这些人实在是不心疼酒。她很生气地用手指敲着桌面：“第一，酒好喝啊。第二，酒贵啊。就这么浪费？”

黄一苇同学没老赵那么爱酒，但她喜欢喝了点小酒之后就写诗。就像《围城》中的董斜川，大家一桌子混乱，她埋头在那里奋笔疾书。问她，您在干啥？她严肃端庄地说，我在写诗。我们就只好像赵辛楣那样释然地屏息期待了。写了之后还让我们传阅，问如何？我们能怎么说呢？能说不好吗？谁敢惹一个喝多的人呢？反正我不敢。说写得好，她接着问，那么好在哪里？我怎么知道好在哪里啊，我又不会写诗。现在想想也是疑惑，她喝的是酒又不是醋，为啥一喝就变得那么酸呢？

有些人喝多了会打电话去对某个人诉说衷肠，有的人喝多了会鼓起勇气吐露心声。最可怜的是那些喝多了也没有什么心事要诉说的人，比如我。这个时候觉得人生没有一点爱恨情仇，真是不配喝酒。虽说世界上有“为赋新词强说愁”这种文化传统，但我可以负责任地告诉你们，强说愁，迟早有一天会笑场的。

终于渐渐知道，爱情并不是青春的标配。在最好的年纪，也未必就能遇上最合适的你，在最能说情话的年纪，可能说的都是无主的情话。这也没有什么好遗憾的，好时光未必需要对手戏。纵情欢笑，未必需要有多么复杂的情愫，那些无心无肺的友谊，有情有义的兄弟，未必不如卿卿我我的爱情更值珍惜。

天光迟迟不去，夏日漫长的黄昏。走回宿舍的时候，突然抬头看看住了四年的那个窗口。衣物招展，一切无情。这段时日，因为临近毕业而频密地醉饮、夜聊、狂歌和欢笑，数天后将结束，而数天后，将与这一切彻底告别——这个饭堂，这栋宿舍，这些拿着西瓜或者鲜花的人们……这一切。难言的恐慌和空虚，不知从何说起。谁能在 22 岁的年纪领悟到告别的真意呢？谁会知道我们在那之后，将会更频繁地经历告别，谁会在当年就理解到，所有的告别，都是一场场小型的死亡呢？

很多人在告别的时候哭了。毕业告别这件事，现在的学生与当时的我们，感受可能不同。现在信息化使天涯真的若比邻，告别没那么可怕，人生永远在线上。但当时，却有一种永远不再的凄凉。

也许在那场盛大的告别里，我们隐约意识到，毕业意味着什么。毕业意味着我们将落到社会的大嘴里，任它咀嚼。毕业意味着，我们再也不能那么理直气壮地矫情。伍迪·艾伦在给毕业生的致辞里这样说："以我们的衬衫大小和腰围，我们怎样才能在这个有限的世界找到意义呢？"探寻意义是那些衬衫大小和腰围仍很完美的毕业生可以做的事，然而，没有例外地，他们有一天变成这样的人："总结来说，未来充满了机遇，也充满了陷阱，我们需要做的就是，躲避陷阱，在六点钟前回家。"

从彻夜笙歌的人，成为在六点钟前回家的人。从毫无目的的畅饮，到珍惜每一份精力，规避每一份危险，绝不付出一分不必要的热情。这都是今天的我，怀念毕业季的原因。

最初参加工作的时候，大概有点像宿醉醒来，迷迷瞪瞪中，奔赴一个美好或不美好的前程，散发一些明亮或不明亮的光。青春就像一场宿醉，醒来的时间，很长很长。很多年之后，醉意消失，再想到故人，想到那一年盛夏，走在东九楼下的，拿着鲜花或者西瓜的亲爱的故人，心里尤觉怀念。

老王还是那么刻薄。几年不见，她讽刺我老了很多，说，你怎么像莫泊桑小说里某个女主角啊？我问哪一个。她说是《项链》中的玛蒂尔德，以前是借项链之前，现在是丢了项链的十年后。

爱喝酒的老赵，却诡异地爱上了中医。想象她当年抿嘴喝酒的表情，现如今抿嘴喝的却是中药，也是醉了。

老邓是我们之中第一个买了房子的人。他买房子时，我们全到他家去蹭住。他虽然贵为买房之人，审美却十分令人担忧，房子里每个房间每个空间都贴着不同类型的地砖，所以四壁空空的同时，却又花花绿绿。老王同学又刻薄了，说，你家看起来像是卖地板的。

那天晚上我们没喝酒，一群人云淡风清地聊聊天，各自倒地而睡。有的睡在沙发，有的睡在地板，有的睡在电视柜（电视柜是有了，但电视还没有）。那并不是记忆中的盛夏，尽管花事已了，酒事不再，我仍想起那首诗：我们不知不觉睡着了，梦里花落知多少。

失眠是因为对这世界用情太深

对于经常失眠的人来说，他们一定会觉得自己对这个世界入戏太深，因为睡眠从某种程度上讲，很像撒手人寰。

固然，睡眠最显见的意义是生理上的，但它更隐蔽和重要的意义却是，睡眠是日常生活中的最明确的分割。在这被黑暗彻底笼罩的五个或八个小时里，你真正生活在别处，随意地创造和篡改了世界，可以用最不可理喻的方式生存，抑或出生入死，抑或不省人事。这些都是睡眠的给予。除了疯狂之外，很难想象有哪一种事物能给予我们同样的神力。

我以前经常想象睡眠是小型的、死亡的模拟。昏睡中忘记了一切，与人世隔绝。在春季这个抑郁症多发的季节，听说某个媒体人因为长期的失眠而选择了自杀，这更加深了我的想象，他一定是因为失去这种模拟死亡的能力而选择了真正的死亡。

马尔克斯的小说《百年孤独》中写到失眠症。马孔多被它席卷，一开始，人们并不惊慌，相反，大家都因为不用睡觉而兴高采烈，因为那时候马孔多有太多的事情要做，时间总不够用。“他们夜以继日地工作，很快就把活儿都干完了，凌晨三点便无所事事，听着音乐钟数华尔兹的音符。那些想睡觉的人，不是因为疲劳而是出于对睡眠的怀念，试遍了各种消磨精力的办法。”

乌尔苏拉从母亲那里学过各种草药的效用，她熬制了乌头汤让所有人服下去，但仍无效。

很快他们发现失眠症带来的后果是失忆。奥雷里亚诺把家里所有的东西都用小纸条注明它们的名称，以此来抵抗自己的遗忘，但他意识到终会有那么一天，人们即使能通过标签记得事物的名字，但会记不起它有什么用。于是他不得不把小纸条记得更加细致，比如奶牛。它颈后挂着的小纸条这么写：这是奶牛，每天早晨都应挤奶，可得牛奶，牛奶应煮沸后和咖啡混合，可得牛奶咖啡。——就这样，人们继续在捉摸不定的现实中生活，这种靠词语暂时维系的现实似乎随时都可能消失。

由于记忆需要极高的警醒和坚强的毅力，很多人选择了向虚拟现实屈服，任由自己出现幻觉，各种幻觉。失眠者开始生活在模棱两可的世界中。这种蔓延的疾病直到吉普赛人梅尔基亚德斯来到马孔多才得到救治，因为梅尔基亚德斯带来了一种淡色液体，可以令马孔多患上失眠症的人们重获记忆。

受过失眠之苦的读者，一定很难忘记马孔多的这场疾病。而最令我感兴趣的是，它认为失眠带来最恐惧的后果是失忆。人们在现实中浸淫至深，无法睡去，结果却是分不清现实和梦境，“整天醒着做梦，在这些梦境中，他们不仅能看到自己的梦，也能看到别人的，于是一时间家里仿佛满是访客。”由于梦境和现实混为一谈，于是他们失去现实，失去过往，开始失忆。

那么一个人的记忆对他来说意味着什么呢？我们可以看看失忆的事实在奥雷里亚诺他们之中引起的恐慌，患者开始淡忘童年的记忆，继之以事物的名称和概念，最后是各人的身份，以致失去自我，沦为没有过往的白痴。

我们，是否依靠记忆存活？换言之，假如我们忘记了过往的一切，被某种神奇的淡色液体所洗脑，彻底遗忘了自己的来路，姓名，父母，以及所遇到的一切的命名，那么我们是否可以说，这个人已经死亡？

从马孔多这场疾病来看，是的。我们竟可能是通过过往的一切所作所为而得到自我的确认的。你与这个世界所有的联系，所有的记忆坐标，可能才是生命的真正价值，而非眼下的吃喝拉撒——尽管吃喝拉撒完全足以令生活如常行进。

失眠抹杀了白天和黑夜的界线，使记忆无法停顿，一个无法对记忆按下暂停键的人，只好选择永久失忆。失眠像一场漫长的雨，从春季下到冬季因此抹杀了四季，所有抹杀时间痕迹的事物都是恐怖的。在《百年孤独》中故事讲到后部，失眠症在马孔多的肆虐业已消除，但是那种时间的混乱、失去分割线的恐惧仍旧存在。

那场下了三年的雨，使奥雷里亚诺第二次看到马孔多所有的居民都在等待死去，等着雨一停就死去。他们眼神迷茫，感受着浑然一体、未经分割的时光在流逝，既然除了看雨再无事可做，那么将时光分为年月、将日子分为钟点都终归是徒劳。——既然没有睡眠可言，那么第二个白天与第一个白天之间，那一段时光应该如何命名？

一个失去了睡眠的人一定是对死亡有更多想象的人，他无法关掉这个世界，光亮和声响形成某种热度。所以雪莱写：“死是清凉的夏夜，可供人无忧地安眠。”也许，在失眠者眼中，睡眠像是按正常程序关机，而死亡则是强行切断电源。他们站在一扇对自己关闭的门前，这是不想被过多谈论的拒绝。

“势均力敌”才能长久做朋友

一　那是 1932 年……

仿佛是对她那优异的男人缘的平衡，林徽因的女人缘，显然不佳，以致李健吾都为她说出那句得罪全世界妇女的糊涂话。但是不要紧，一个费慰梅就够了。

很多年后，费慰梅这样描述她们相识的最初：“对于我闯入梁家的生活，起初是徽因母亲和佣人疑惑的眼光，尽管有种种不适，但不久我的来往得到了认可。我常在傍晚时分骑着自行车，或坐人力车到梁家，穿过内院去找徽因。我们在客厅一个舒适的角落坐下，泡上两杯热茶后，就迫不及待地把那些为对方保留的故事一股脑倒出来……”

这几句文字，像费慰梅的其他文字一样都很平实，但却令人心动，里面呈现的林徽因，不是那个占据人生各种高地的林徽因，不是贯穿建筑文学两大领域的才女，不是玩转顶尖男人心的女神，总之，不是事业中的林徽因，也不是爱情中的林徽因，是一个友谊中的林徽因。

家常而放松，愉快且饱满。那是 1932 年。

那一年前后，是林徽因最璀璨的时光。此前，她的人生在积累、蓄势，此后，则是不停断的颠沛和贫病。在 1932 年前后的北平，林徽因的日子才是一个盛大的人间四月天。她在这一年遇到费慰梅，乐莫乐兮新相知，最好的年华遇到彼此，一起盛放。

费慰梅描述的情景，曾被史景迁再次描述："我们仿佛听见，他们高朋满座的客厅里，杯底喝尽，连珠的笑声中浮沉着杯盘碰撞响。"

当然，也如所有投缘的朋友一样，她们的友谊拥有最好的土壤和最合适的温度：相近的专业背景、对美的兴致，还有英语这么一种让人觉得与日常有距离的语言媒介，费慰梅作为一个美国人的身份，以及这个身份带来的生活方式。

但这些还不是最重要的。重要的是，费慰梅是怎么样的一个人？

二　费慰梅是怎么样一个人？

作为林徽因唯一的女性知己，费慰梅的重要性似乎没有得到很好的重视。与她有关的资料甚少，唯一的窗口也许是费慰梅的著作《中国建筑之魂》了。只有这个窗口还算差强人意。从传记的用笔看来，费慰梅不是一个犀利的人。作为一生知己，她对林徽因的描写没有太多独到之处，流于浅显。

事实上，费慰梅与林徽因从才学、身份和地位上，说得上势均力敌。

费慰梅的父亲坎农博士是哈佛大学医学院著名教授，一位伟大的生理学家，用《费正清在华二十年》一书中的说法是：“全世界的科学家都知道他。”她母亲则是一位酷爱旅行的作家。所以，费慰梅四姐妹都有异乡求学的经历：二妹 17 岁去到土耳其，三妹玛丽安去的是中国，小妹海伦则从所在的东海岸去到西海岸斯坦福。大姐就是费慰梅了，16 岁时被送去墨西哥学习艺术，后来又随夫君费正清来到中国。

20 世纪初，能让子女云游天下的父母并不多见。费慰梅的母亲恰好与林徽因的父亲有着相同的行径。林徽因的父亲在 20 年代出游欧洲之际也带着 16 岁的林徽因，称“第一要汝多观览诸国事物增长见识。第二要汝近我身边能领悟我的胸次怀抱，第三要汝暂时离去家庭烦琐生活，俾得扩大眼光养成将来改良社会的见解和能力……”

费林两人，除了父母有相似的培养，夫妻模式也有几分相似。

都是男性较为内敛庄重，女性较为开朗外向。李欧梵在《我的哈佛岁月》中收了一篇纪念费正清的文章，文章用更温暖的笔触谈到了费夫人慰玛（费慰梅）。说费氏夫妇与学生朋友们在一起的时候，也是费慰梅谈锋健，话更多。费慰梅对李欧梵的关照比费正清还多，于是自己逐渐视费慰梅为母亲，甚至比对自己的母亲更亲。

这让人想起李庄时期营造学社的学员罗哲文，本是梁思成的学生，也对林徽因更有一种母亲的依恋。

李欧梵在文章中还很八卦地猜测了一句，费正清曾像金岳霖、徐志摩那样拜倒在林徽因的裙下。这种猜测让人颇觉反感——因为费慰梅的缘故。

但也正因为李欧梵会做这样的猜测，更能让人想见费慰梅的性情，倘若她也是这般多心、过敏、计较，她哪怕不因为这件事，也会因为别的种种事，与林徽因形同陌路。

三　费慰梅的身体里，住着一个大侠

这位挚友，对梁林夫妇做了很多重情重义的事情。在很困难的李庄时代，她给予的帮助就不赘述了，有一件事情很值一提。

40年代，梁思成有一批书稿图片，托付给费慰梅。后来，因为中美两国不能通信，费无法寄回，梁思成托一个素不相识的人捎来口信，让费慰梅先寄到英国一个姓刘的女学生那里。

费慰梅照办了。可是，刘姓学生却没有把这个包裹转交到梁思成手中。21年后，蒙在鼓里的费慰梅才知道这件事。

这不是她的错。但这个时候她做了一个决定：她决心把这个21年前寄丢的包裹重新找到。

先是让从诫在北京方面四处打听这个神秘的刘小姐，自然无果。然后开始转向伦敦，给大使写信，转信……好吧，细节就不说了，总之我们知道了一个结果就是：事隔21年，费慰梅真的辗转地、艰辛地把这个包裹，寄到了梁思成的遗霜林洙手中。

这是一个奇迹。费慰梅的执着里，有她对亡友的懂得：她知道这对他们很重要，她“必须再努力一次”。

四　一幅给林徽因的画像

费慰梅是一个艺术家，尤其喜欢水彩画。作品如人，她流传于世的水彩画，那么明朗、柔雅，用阿兰·德波顿的话说，是一种“让世界变得更美好更幸福”的艺术。没有一丝灵魂的分裂和挣扎，没有颓废，没有撕痛，不是天才式的疯狂或偏激。费慰梅的艺术美感不难消受。看她的照片，也始终有一种平和安静的表情，毫无神经质之色。

费慰梅的艺术才情，对林徽因来说，不多不少。

她曾给林徽因画过一幅素描。

这幅素描里，林徽因不算很漂亮，只是清秀朴素。但这幅人像的特别之处，是画中人有一种少女的神情，认真而执着。绝没有一点松弛的“师奶气”，反而是一种不容许自己平庸的倔强。

这张画像是解答费林友谊的钥匙，这就是一个知己眼中的林徽因。

关于林徽因被说得太多了。但我们顺着费慰梅的眼光，以及费慰梅所收藏的林徽因的信件，也许可以找到与大众语境中所不同的另一个林徽因。

林徽因与费慰梅写信，絮絮叨叨完全是一个话痨，那些信，实话说，比她的散文诗歌好看太多太多了。

她们似乎总在“谈理想谈人生”。

在昆明，在李庄，在炸弹的随时轰炸中，她最为忧心的，并不是安全问题，而是“什么事也做不成”。她在给费慰梅的信中不止一次地、反反复复地，说着这个意思：

“可怜的老金，每天早晨在城里有课，常常要在早上五点半从这个小村子出发，而还没来得及上课空袭就开始了，然后就得跟着一群人奔向另一个方向的另一座城门、另一座小山，直到下午五点半，再绕许多路走回这个村子，一天没吃，没喝，没工作，没休息，什么都没有！这就是生活！”——这是在昆明的时候。

“我必须为思成和两个孩子不断地缝补那些几乎补不了的小衣和袜子……当我们简直就是干不过来的时候，连小弟在星期天下午也得参加缝补。这比写整整一章关于宋辽清的建筑发展或者试图描绘宋朝首都还要费劲得多。这两件事我曾在思成忙着其他部分写作的时候高兴地和自愿地替他干过。”——这是在李庄的时候。

相比于她的“聪明”的名声，她的勤奋似乎不被人们注意。勤奋不是一个简单的品质，在它后面，是林徽因甚为高傲的心气。

早在 1936 年，也是给费慰梅的信，她就这样讨论——是的，我当然懂得你对工作的态度。我也是以这种态度工作的，……最认真的成绩是那些发自内心的快乐或悲伤的产物，是当我发现或知道了什么，或我学会了去理解什么而急切地要求表达出来，严肃而真诚地要求与别人共享这点秘密的时候的产物。对于我来说，“读者”并不是“公众”，而是一些比我周围的亲戚朋友更能理解和同情我的个人。

所以，金岳霖说她是“林下美人”的时候，她并不高兴。她哪里能满足于做一个美人呢？好像一个人成天没事做似的。

五 她的坚持，费慰梅懂

可惜这样的胸怀大志，却活在一个病痛不断的身躯里。一个对生活质量高度渴望的灵魂，在李庄漫长的五年时间，忍受着战乱带来的时光虚掷、贫病交加。

在这个时期，她收到费慰梅的信。

林徽因这样回信：“读着你用打字机写的信，我不禁泪流满面。字里行间如此丰富有趣，好像你们就在眼前。不像我总是盯着自己眼皮底下那点乏味孤寂的生活，像一个旧式的家庭妇女……”

从长沙迁往昆明的那艰辛的一路，她写信：“后来还有一个故事接着一个故事……关于坏了的汽车，意外的停留，投宿丑陋肮脏的小旅馆，……不时还有一些好风景，使人看到它们更觉心疼不已。那玉带似的山涧、秋天的红叶、白色的芦苇、天上飘过的白云、老式的铁索桥、渡船和纯粹的中国古老城市，这些都是我在时间允许的时候想详详细细地告诉你的，还要夹杂我自己的情感反应作为注脚。”

这些都是她给费慰梅的信，在这些说给费慰梅听的字句里，我们看到林徽因心里最深的不甘，也看到那个去掉骄傲和光环之后的女子。世界上哪怕只有一个慰梅也够了，这些话得有一个人听。

她知道，慰梅懂。她们的友谊，有北平那璀璨温暖的时光打底，有山西的清凉的夏日映衬，所以，这些酸文假醋的话，在她们的交流里，显得再自然不过。

这两个年过中年的妇人，有着少女式的友谊。——比家长里短式的友谊更高蹈、更深入，又比纯文青式友谊更扎实、更沉厚。——不要怪李健吾说糊涂话，连我都忍不住想说一句了：难怪她丝毫不想去讨好冰心凌叔华，不怕得罪她们，她有费慰梅就够了。

林徽因说："我从没料到我还能有一位女性朋友，遇见你真是我的幸运。否则我永远也不会知道和享受到两位女性之间神奇的交流。"——这确实是至高的幸运，甚至于我认为，比起金岳霖那著名的暗恋来说，还要更幸运一点。

另一种接近理想主义的活法

因为念的是师范类大学，毕业后朋友们都去各个中学当老师。我没当老师，去了某机关单位。每天上班时，总要去收发室绕一圈，问有没有我的信。那一年是 1998 年，电脑尚未普及，多数人不会用电子邮件，信都是手写，去邮筒投寄。刚工作时心情很苦闷，心里充满无用的空想。幸亏有写信的爱好，仿佛国家有海港，物产可以便利外运。

与我通信最多的几个同学，有一个叫光头。光头来自北方农村，成绩极好，特别纯朴。我最爱听他讲北方农村的生活：冬夜，老土屋里面热气腾腾，外面北风呼啸，父亲和几个老兄弟围坐着一起喝酒，下酒菜是一盆红汪汪的豆腐炖辣椒……这个描述就把我听馋了。

毕业后，光头去了珠三角某个县城的中学教书。以他的成绩，完全可以留在广州，但他对分配没做什么努力，说在哪里都是教书。他特别热爱教书，动辄声称要在这里“从教而终”。刚开始我觉得他被洗脑了，对教师一职怀有浪漫想象。

不过他很快就感受到这个职业的艰辛。比如夹在学校、学生和家长三方之间的为难，比如对各种制度和现状的困惑，比如对管教学生的无助，还比如工作第一年，有个高一学生因记恨本班老师的惩罚，在课堂上掏出一根铁棍来打老师，令全校的老师都生出兔死狐悲之慨。——相比于这些，每天早晨六半点上班晚上十点下班的劳累，都已经不算什么事了。

但这些糟心事都没让他改变初心，他还是很爱教书。不知其恶而爱之，那是天真。知其恶仍爱之，才是真爱。他对教师一职，就是真爱。

光头的信，百分之九十都在讲工作。学生要自查考试了，要差生辅导了，要给兄弟学校出一份期中试卷了，诸如此类。六七月份特别忙，他就形容：这个月份对教师来说，就仿佛五月份对于北方的农民。

有次他说到这么一件事。他们班有四个男生在宿舍楼用望远镜看女生楼的女生，女生告到学校里，学校要求他交出这四名学生。一开始他不相信，把班里男生全部叫出来问，果真有四个学生承认了。才上高一的学生，分明还是孩子，他十分不忍。便去和级长主任交涉，希望不要公开处理此事。

他说，那段时间“好像是我做错了什么似的，领导都给我脸色看，同事也半开玩笑半认真地说‘这是你教出来的学生啊’，我心里真难受。这几天傍晚也不想打球了，坐在办公室里也不想多说话”。

这事在他的努力下，学校没有再追究，只在大会上不点名批评。他私下又帮那几名男生好好地分析了这种行为在生理和心理上的原因，后来那几名男生各方面表现都很好，算是皆大欢喜。

我看这封信的时候，很有触动。让我觉得特别难的一点是：他要维护这四名学生，就要为他们负责到底，必须保证他们不再有娄子。从某种程度上讲，他为了维护他们，还与领导和同事对立起来了，一个人顶着压力。隔行如隔山地想，我未必做得到。

但光头这么做，因为他知道这些学生会在错误中觉醒，学校的惩罚虽然可以让自己一时免责，却会把这些学生推向觉醒的对立面。

教了两三年书后，网络慢慢普及，我们开始在QQ上聊天。有一次光头心情很坏，说到工作的诸多不顺，听起来都是一些永恒的难题。我问他，你还那么热爱当老师吗？或者只是觉得这是一个饭碗？他在QQ上答，当老师的人，肯定没法只把它当成一个饭碗，因为这个工作要消耗的心力太多了，如果用工资来衡量，那工资就太微薄了。当老师的人都会不知不觉地调动起一种牺牲精神。

实话说，我们从小就看很多歌颂老师的文章，牺牲精神确实经常作为老师一词的前缀。但我们内心对此半信半疑，因为我们遇过的老师，并不是每一个都像文章中所写的，那么无私、那么慈祥。但现在，教了两三年书的光头，这个讷言的、从不说假话的北方农民，也说到牺牲，我觉得这不是一句被惯性推动的空话。

这工作的特殊性在于，它是一个塑造人的工作。人会对他的塑造对象产生浓厚感情，在童话《小王子》中，这种感情被称为“驯养”，小王子驯养小狐狸，又被玫瑰花驯养。塑造人的工作是最难的，教师作为一个普通人尤其难，制度的限制、个人之力的局限等等。但塑造人的工作，有其他工作所没有的幸福感，“牺牲精神”之中，有无从牺牲的人所感受不到的幸福。

那几年，与我通信密切的另一个同学叫小薇。小薇也在珠三角的一个中学任教，也与光头一样，很热爱这个职业。她是教语文的，曾经连续牺牲两个星期的午睡时间给班上最差的几个学生补习数学（因为数学老师实在没空），她自己先请教数学老师，一边学一边教，手把手教到他们豁然开朗为止。

干吗要去揽这种非分之活呢？我实在想不通。也许，与这群学生荣辱与共的心情，逼她铤而走险。说来也怪，每一年她都分到年级里最差的班。她本来不介意差班，甚至觉得把差班教好会比教尖子班更有价值，她说：“我一直摸索着如何使那些领悟力极低的孩子体会作品的动人内蕴，但我自己也不是一个聪明人，能想到的办法很有限。但即使学生有一点点会意的眼神，都会让我觉得很快乐。”

小薇的信写得琐碎，一封信经常是分几天写成的，因为每天只能抽空写一点。比如：

“答应给你回信，还是豁出去了。尽管还有一堆事没做。班会课备课不足，没有写班主任计划、语文教学计划，有几个班干部要调整，更糟的是有个学生坚决读足球学校，其家长频频来电催促我去劝他回校读书，明天要在繁忙中抽空家访。从开学伊始就要每天七点到教室看早读，晚上看完晚自修要十点，睡眠严重不足。”

“前几天颇多事情，有几个学生组成类似黑帮的群体，情况很恶劣。初听时真是气疯了，平静下来之后，只能一个个了解其家庭情况再和他们交流。”

“前天带学生去爬山，有40人行动，总算欣慰，其实早有这计划，想想刚接这个班时我想过很多点子，如每周用一节课课外活动，打球或爬山，但都没有耐心坚持下去。也有老师说学生们不出问题就好了，爬什么山！这次看到孩子们爬山时的笑容，爬山过程亲近的交流，爬山之后的学习状态变好，我决心克服困难把这个计划坚持下去。”

“有几个内向的学生最近上课都能大胆发言，我高兴极了！因为我想了个好办法，说回答问题时，会的举左手，不会的举右手，然后我一通乱点，在我的耍赖之下，他们气氛大好，现在谁都敢回答问题了。”

如果说光头的信让我感到他对学生的爱护，小薇的信则确切让我看到一个老师惊人的耐心。她在信中反映的生活常态无法想象。一件接一件的琐事像一个个旋涡吸吞着时间和心力，永无停止的旋转中一个人怎么能保持理性？她没有什么光辉的事迹。既没有累病，也没有为失学学生垫学费，更没有教出天才。但她在繁杂琐碎的工作中保持着耐心，一种旷日持久的稳定耐心，我觉得这才是真正的英雄主义。

有一封信中，小薇写：接近期末了，太忙了，老师把各种资料翻来翻去，唯恐遗漏什么知识点，学生没完没了地做题。有个学生在他的作文中猛烈抨击考试制度，我理解他的心情，但我不知如何给他下批语，只能写一个“阅”字，却一连几天忘不了此事，一直在思考。

作为一个老师，她有不足之处：她不能够给这个困惑的学生以当头棒喝的提点，也不能给他以心理医生般的安慰。她自己都有困惑。但我感到她的真实，她只是个普通人，甚至不太聪明，她掏心掏肺地感受这一切，感受到各种左右为难，因此无法妄加评论。

很多年过去了，后来我们不再写信，改为电子邮件。再后来，是QQ和MSN。而现在，是微信。要承认，不同的职业不同的城市使我们疏远，联系不再密切，也很少谈心。但是，总有什么东西是永远不会失去的。

前不久我发信息问光头，你怎么理解“善行”这件事？因为遇到一些事，我想到在河岸边放生的人们，在神佛前面长跪念经的人们，还有出钱捐款的人们。光头说，这些都是善行。但是，当他教书教得实在累，学生的事情永远处理不完时，他就调整呼吸，平复心情继续好好干。他觉得好好工作就是善行。

与小时候看到的歌颂老师的文章相反，有时候我们也听到一些对教师不恭的说法，有人不相信有无私的老师。庄子说，“朝菌不知晦朔，惠蛄不知春秋”，自己不是君子，就觉得世界上没有君子。我一直保留着光头和小薇的信，尽管若不是写这文章，也不会翻它们，但它们静静待在那里，告诉我另一种接近理想主义的活法。

别做生活里的局外人

一连看了两部跟中年状态有关的电影，一部出自美国导演贾木许，一部出自土耳其导演努里·比格·锡兰。贾木许的电影中，凭空知道自己有个私生子的中年男人唐尼逐一回访当年的老情人，看着那些和他一样已经变老了，但又还没有老得可以不再掩饰的女人，各种不同的际遇把她们在各自轨道中夯实。

他和她们曾亲密无间，如今出现，却是一个非常奇怪的局外人。但这些不重要了，他并不是为了寻回一点过去的温情。他表面上是去寻找那个私生子的母亲，但是这一场历程，不如说，是去确认一个问题：中年人，就是成为彼此生活的局外人。

与老情人固然如此，其实，与身边各种各样来来去去的人也同样如此。有朋友说，多数人的关系就像水漫过溪石。我想她说的应该是中年人的状态，中年人就像已经坚结的石头，难以企望流水的冲刷改变它的形状。而青年时，则像化学元素表中最活泼的钾钙钠镁铝，与世界的能量交换如此频繁，随时遇到的一个人都可以让你掉头拐弯，走上计划外的线路。

所以局外人的状态，不止是对谁，是对整个世界。就像影片的结局，这部叫《破碎之花》的电影最妙之处是结局：唐尼遇到了最可能像他儿子的那个人，一个正在做公路旅游的少年，他给这个少年以当时他正需要的三明治和薯条，他们在街角某两个废弃的箱子里坐下来聊天，他们聊得很开心，但唐尼突兀地说："我知道你认为我像你父亲。"少年对这过于直接而显得神经质的话感到恐惧，马上落荒而逃，唐尼不断地喊着 wait,wait,wait，少年则不断地拔足狂奔，最后不知所终。

唐尼的生活同样不知所终。他站在街角上，四面八方的街景慢慢流转，他一脸茫然，不知身置何处。这结局像一个省略号，它说的是无处措手的绝望：前不见生，后不见死，所拥有的东西都似是而非。中年人的绝望就是这种似是而非。而晚年，因为看到了死亡，所有反而变得更加笃定清晰。

在第二部电影中，中年人的状态更像灰烬。这部土耳其电影叫《远方》，摄影师马姆生活在伊斯坦布尔，他接待了乡下来的表弟尤素夫。尤素夫很想在这个城市立足，举目无亲中他需要这位表哥的帮助，但是这位表哥拒绝了他很多求助，包括做他的担保人。

听起来很冷漠，事实不外是：马姆已经看到尽头一无所有，像海子的诗句所言——远方除了遥远一无所有。对于尤素夫来说，伊斯坦布尔就是远方，而马姆则在影片最初的闲聊中说道：所有的地方最后看起来都一样。他说的也确实没有错。

我有朋友刚去过土耳其，她说现实中的土耳其人非常热情，随时随地有人请喝茶，总是有人找她们聊天，路人的快乐笑容一点就着。他们有地中海人的性情，与西班牙人很相似，但她无法想象，这么热情奔放的土耳其人，在电影中却那么内敛冷静。

像锡兰的很多电影一样，这部片子同样有很强的疏离感，也就是人们常说的大闷片。但是大闷片确实很适合呈现生活真相，有人说，这是奢侈的力量：让电影成了生活的流水账。

对，要表现一个寂廖的中年状态，这样的流水账很恰当。电影中，马姆已经离婚，无子，上有病母，摄影事业无甚起色，一切倦怠至极。沙龙上，他的朋友对他说：“你记得我们曾经爬到雷科诗山的山顶，就为了能得到白山谷一个更佳的摄影角度吗？你常说，你该像塔克夫斯基那样拍电影……”马姆讪笑着打断他的朋友：“摄影已经完蛋了，伙计。”他的朋友激动地说：“不，它没有，群山也没有。也许是你已经完蛋了。在死亡来临之前，你已经宣布了自己的死讯。你没有权利埋葬自己的理想……”

马姆让尤素夫暂时充当他的助手，他们开车拍摄。路过一个地方时，马姆停了下来，他看着溢光流彩的光线，脸上有一种懂行者才有的享受：“这是个多完美的摄影地点啊。”他微笑地看着，若有所思：“最好是从顶上拍下去，羊在前面，湖在后面……”坐在副驾驶位上的尤素夫敬业地问：“我现在该把相机设定好吗？”突然间，马姆又是兴致阑珊，他摇摇头说“算了”，发动油门，走了。

我与朋友交流过马姆这入骨的倦怠。马姆从世俗的层面讲并不算是一个失败者，何以会如此绝望？绝望是如何开始的？我想，是开始于自我嘲笑。年轻时，我是个傻 ×。这句话从没被说出，一直在心里。我猜这名角色与他的导演锡兰有着一致的星座：水瓶座。水瓶男也许是世间最有疏离感的生物，甚或马姆便是导演自况。朋友说，他在世俗的层面上确实谈不上失败，但有这么一类人，理想尺寸太大，而现实太小，它们的不合帖注定让他们成为失败者。

这两部电影中，唐尼和马姆，一张美国人的脸和一张土耳其人的脸，却有着惊人相似的表情。这两张脸，是我们很多人的内心。

绝望的表情比绝望本身更令人绝望。

就像世界上有各种各样的小孩一样，中年人也各式各样。有很多中年人不见得比年轻人老，但多数是疲惫的。

因为输不起。

一来上有老下有小不容得闪失，二来这个年纪的失败会格外尴尬。有一些事情发生在青春，有壮烈的美感，发生在中年，则只是寒碜和难堪。

朋友 C 据说最近在单位的斗争中彻底败下，眼见待下去也无逆袭希望，若在年轻时脚一跺也许就辞职了，现在想想身份证上的数字，就把咬碎的牙齿吞了下去。

他说，全世界都是八零后九零后，身处七零六零交接点，要是还想站到世界的前排去，便觉得为老不尊。我知道他的意思。他认为，中年人只有两种选择，一是功成名就，二是默默隐退。中年人的扑腾在别人看来是不是有点像秋后的蚂蚱？

于是，那个永恒的中年人，杜甫，成为他的心头好。杜甫在成都时的生活，虽然家穷，妻老，子稚，身病，怏愁死袅，但是他借以某种圆融的哲学取得平衡。他的状态，在很多挫败的中年人看来，也许是最具备操作性的借鉴。

清江一曲抱村流，长夏江村事事幽。
自来自去堂上燕，相亲相近水中鸥。
老妻画纸为棋局，稚子敲针作钓钩。
但有故人供禄米，微躯此外更何求。

命运虽然惊险，但此刻有老妻画纸，有稚子敲钩，如果微躯不再外求，停留于这草堂内，也就足够平安了。显然，杜甫对生活的创作力，要高于马姆。他起码用平凡生活的水滴石穿成全自己。对生活的创作热情可以是：把最无趣的事物逐一归位，让它们在无趣的序列中呈现有趣的秩序之美。

但是我知道，C和我一样，只是在杜甫的诗句中骗骗自己。事实是，我们都在自绝于世界，做了一个隔岸观火的中年人，因为害怕卑微而主动选择卑微，因为害怕失败而主动选择失败。在本质上，与马姆并无不同。

歌声是一个人的远方

八九岁的时候，我跟着外婆住在江边一栋房子里。那房子叫“江务所”，也许因为外婆当时在江务所工作，房子是单位的宿舍。房子是什么样的记不清了，只记得有个窗户，正对着江水，晚上江面上会行船，轮船的汽笛声传来，像极为辽阔的喟叹。

暑假某天，外地工作的舅舅带着表姐回来探亲。表姐十来岁，长发如瀑婷婷玉立，她眼光往我身上一扫，完全没兴趣跟我搭讪。我虽贵为表妹，惜乎民智未开，性别模糊，正垂头丧气地在饭桌的一小角落里做着别人早就做完了的暑假作业。

晚上，外婆不顾表姐满心不情愿，安排她跟我睡在一起。表姐继续不屑理我，趴在窗户边往外看。夏夜江风吹拂，吹拂她的长头发，传送来“蜂花洗发水”甜蜜的香气。她对着窗外的江水，也不知看了多久，一边断断续续又反反复复地哼唱着一首歌。

那是那年每个人都看过的电视剧《少林寺》的插曲：

日出嵩山坳，晨钟惊飞鸟。林间小溪，水潺潺，坡上青青草。野果香，山花俏，狗儿跳，羊儿跑。举起鞭儿，轻轻摇，小曲满山飘，满山飘。

莫道女儿娇，无瑕有奇巧。冬去春来十六载，黄花正年少。腰身壮，胆气豪，常练武，勤操劳。耕田放牧打豺狼。风雨一肩挑，一肩挑。

现如今，我和表姐已经跨越美丑的鸿沟，成为很好的朋友，见面各种嬉笑怒骂，插科打诨，互相挖苦。但是她留在我记忆里，对着江水歌唱的这个细节，我一直没有对她说起。这个细节浪漫得让人不好意思，如果她知道被我写出来，毫无疑问，我分分钟会被她打死。

在当时，旋律和歌词，以及少女的歌声，一起制造了一个远方。我的心在初尝飞翔，在旋律的宛转处，它腾空，失重，没有着落。人生最初的忧伤都是没有着落的。什么是远方呢？它不见得是一个期许之地，它也许只是没着没落的忧伤中漫无目的的所指。

妈妈在世时，很喜欢唱歌。九十年代初，家庭卡拉 OK 开始流行，妈妈傲立潮头，斥巨资购置一套，环绕立体声，把我家客厅变成一个小型舞台。高质量的话筒修饰着我们的嗓音，音响和旋律都是合谋，一切都在帮助我们形成一个错觉：我们唱得真好啊。

那真是快乐的时刻，当《在希望的田野上》那最高音的一句被成功地唱出来时，当百灵鸟从空中飞过，当抬头望见北斗星，当打起手鼓唱起歌，当吐鲁番的葡萄也熟了，当月满西楼，当红军从咱家乡过，当妹妹找哥把泪流。我们不知不觉地，在同一首歌曲中，共同身赴他方。

回忆起我和妈妈在一起的幸福，总觉所得甚少。而但凡歌声响起，熟悉的旋律打着拍子一起唱，彼时彼刻，是这种幸福中最确切的一部分。

可是，家庭卡拉 OK 很快被淘汰，在家里用话筒引吭高歌对四邻是扰民。那个时候妈妈来广州，她成为白云山上练歌团中的一员。所谓练歌团，就是一些退休的老头老太，用唱歌的方式，训练肺活量、建立友谊、提高生活满意度。他们组织严密，有手抄之后复印的歌谱，人手一份。歌谱上的歌，我略有耳闻，多数并不熟悉。

妈妈生病之后，还经常在化疗的空档，参加一下练歌团。后来也许是身体确实跟不上了，她便从集体学习的模式，改为在家里自学成才——拿着队友复印来的歌谱，跟着播放机，坐在客厅里哼唱。

有那么一天，我在麻木忙碌中，突然福至心灵，注意到她经常唱一首歌。她背对着我，面对着墙，反反复复地唱着，尽管断续、颠倒，可即使仅是她虚弱的背影，我都能看到一种非常动情的表情。我停下来捕捉歌词，听到一句是：

央求你呀下辈子，还做我的父亲。

妈妈的父亲，我的外公，在我出世之前就去世了。我偶尔听妈妈提到外公，感觉是个非常有魅力的人。但她从来没有直接说过感情。要开口直言对去世的亲人的感情，大概是很艰难的一件事吧。而撞到了她的感情，哪怕是隐藏在歌声中，似乎也是让人感到非常难以承受的。

我翻看她的歌谱，看到这首歌叫《父亲》，而被妈妈反复唱着的那几句歌词是：“我的老父亲，我最疼爱的人，人间的甘甜有十分，你只尝了三分。这辈子做你的儿女，我没有做够。央求你呀下辈子，还做我的父亲。”

我觉得我似乎偷窥了妈妈的秘密：一个跟父亲久违了几十年的人，期待着下辈子能相遇，再次成为父女。这大概就是妈妈最幸福的远方。

相信有重逢，能与至亲的人重逢，还有什么，比这更能安慰一个临近死亡的人呢？

可是这份理解，作为两个近在咫尺的人，却只能通过一句歌词，千山万水地到达。

我没有遗传妈妈优秀的歌喉，但这不耽误我喜欢那些会唱歌的人。在所有的艺术形式里，歌唱对我来说是最有感染力的一种。声音是有融化效果的。不像舞蹈，不像美术，后两者是等待，而歌声却是入侵。

小学时，教音乐的苏老师是我人生的第一个女神。当她歌唱的时候，声音像河水开阔，光和蜜，缓缓流转，让人对世界深怀爱意。

我想念那三十多年前的美好。为这想念，写过一篇文章叫《我曾听女神歌唱》。网络世界很小，文章很快被她读到。其实我们不需相认，我只需静静地看她站在万众瞩目的舞台上，举手之际，音符滴落，双臂伸展，歌声随之而来，看她那曾相识的笑容感染更多的人，这样就很好。

苏老师的学生给我发来她们演出的视频。我再次听到苏老师的歌声：“你从一座叫‘我’的小镇经过，刚好，屋顶的雪花成雨飘落。你穿着透明的衣服，给我一个人唱歌，全都是我喜欢的歌。我们去大草原的湖边，等候鸟飞回来……”

好风长吟，好月破云。世界仿佛变成一个巨人，摇晃着身子与她和鸣。我感到歌声好像从我的胸腔里唱出，我们好像再一次地，举身奔赴他方。在这三五分钟的音乐里，我们不仅同行，而且相知。

音乐停下，同行的人们各奔远方。你有你的，我有我的方向，可是我记得，有段路一起走过。世间诸事，大概莫不如此吧。

我有获得这种寂寞的办法

整理电脑,发现我居然有一个文件夹叫“难忘的诗歌”,这令我很意外,还难忘呢，分明就都忘光了。

这让我回忆起读诗歌读得最多的那个时候。那个时候,刚刚大学毕业,也许是我人生里最有姿色的年纪，也是感情最丰沛的年纪，却没有一场好的恋爱来相衬，也没有一个成熟的心智来相衬，完全不知道自己要干什么，却无法安置多余的荷尔蒙和各种浮想连翩。

并没有遇到很合适的恋爱对象，但又需要谈恋爱，便自行修饰遇到的人，使他们显得合适一点。谈了一段时间，又气急败坏地吵架分手了。就是那么狗血。

所以多年以后，我有个优秀的年轻女同事暗恋一个已婚男人，茶饭不思。其他同事都劝她赶紧忘了他，觉得她深受其苦。其实，我怀疑这女同事也没有多么爱那个已婚男人。她只是寂寞中选择了他来作为内心情感的寄托对象。

而读诗，于当时的我而言，意义与恋爱无异，都是在安抚过剩的荷尔蒙。

就像那些“难忘的诗歌”中的一首：

很久以前，在婴儿和青少年之间幽暗的洞穴里，
生活好像舌头尖上的柠檬。
苦涩。
很久以前，在太阳烤焦的草地上，
尽管青春延伸到成年期，
生活好像舌尖上的柠檬。
新鲜。
……

像很多人一样，后来生活变得忙碌起来。忙碌使自己很少体会年轻时那种空虚的、无处安置荷尔蒙的感觉。也许是因为这个原因吧，诗歌从生活中侧身退出。

在忘了诗歌很久之后，去年，微信在手机上蔓延，几乎成为一种生活方式。在众多的微信公众号里，有一个叫“读首诗再睡觉”，不知出于什么因缘巧合，被我看到了，关注了。每天晚上十点钟，有一个好听的女声，念上一首不长也不短的诗，有外国诗人的诗，有中国诗人的诗，有的耳熟能详，有的则闻所未名。在这个公众号的影响下，我开始了每天晚上听听诗、读读诗，这是一个中年女人略有点矫情的生活方式。

中年人读诗，意义与青春期是完全不同。这个意义，如果要概括，也许就是里尔克在《致青年诗人的信》里反复提到的那种寂寞感。

读诗也许是为了在忙碌充实的生活里制作一点寂寞感。
年轻时，是寂寞太多。接近中年，则是需要寂寞。

几乎每个中年人都是上有老，下有小。有几年时间长辈生病，在医院、单位、孩子的学校中奔波整日，有时打开手机翻开通讯录，全部是医生、老师、各种机构、各种水电工装修工的电话，真是烦躁。

想象一下，如果你打开手机，看到的不是这些与现实相关的号码，而是一首诗，心情是不是大为不同？我知道，文艺、小清新这些词已经全被毁了，已经是矫情和虚假的同义词了，但是事实上，人是需要一点点矫情的，它让你觉得时光有了张力，突然间好像有一种另一时空的视角去看待此时此刻。适当的一点点矫情，可以让人更爱自己。

当一个家庭主妇在孩子睡着之后，家务干完之后，老公在客厅看球赛，她在房间里……读诗，或者听诗。这样的情景你是不是突然有点出神？

有一段时间，有点失眠。这时，读到一首诗叫《失眠带给你一个宇宙》：

进入那个倒转的世界，那里左永远是右，

那里阴影是真正的实体，
那里我们整夜醒着，
那里天空是浅湿的犹如大海，
现在又变深了，而且你爱我。

在这首诗中，失眠相当于飞翔，夜等于宇宙，得到宇宙的方法是被彻底抛弃，诗的作者叫毕肖普。听说诗是不需要求甚解的。念着这首诗，也许对睡眠毫无帮助，但是对于失眠的这段时间的理解似乎不同了。我觉得这首诗，大概也可以隐喻整个的生活，当忙乱出现，或者当空虚出现，总之，当种种与和谐相反的状态出现，可能正好是命运开启你某种内在领域的时刻。

读诗对于白天毫无用处，但在一天的 24 小时中，给了你一小时与白天很不同的时光。这时光，也许就是里尔克所说的生疏和寂寞吧。

里尔克对寂寞需求甚切。他说："我们最需要却只是：寂寞，广大的内心的寂寞。走向内心，长时间不遇一人，这我们必须能够做到。居于寂寞，像人们在儿童时那样寂寞，成人们来来往往，跟一些好像很重要的事务纠缠，大人们是那样匆忙，可是儿童并不懂得他们做些什么事。"

——我有获得这种寂寞的办法。

活着活着就忘了

我家邻居李叔平时很抠门，两元的公共汽车他不坐，非要等到一元的来他才上去，不介意多绕几站路。但是逢年过节，他买起烟花爆竹来可是一点不含糊。本来呢，烟花就听个响，就看个亮，转瞬即逝，啥都没留下，这钱不该花呀。

有一年过年，李叔逢人就武声大气地说："今年还不错！光是烟花爆竹，花了七八百！"一手抽着廉价烟，眯着眼睛将烟圈一个个吐出，另一手插着腰，腰杆好像都直了不少。这句话我听他说了七八遍了。我想，平时越抠的人，也许越想有个豪气的时候，看那烟花在空中燃烧，真正是烧钱啊，但也点燃了一腔热血，很风光，很 HIGH，很自豪。

男孩子当然是更喜欢烟花。他们在火光闪烁中找到了打仗的感觉。烟花绽放，仿佛枪声阵阵；有的飞腾而起，不忘留下一堆蘑菇云；最可怕的是那种四处流窜的，好像流弹。

冲天炮最为刺激。一捆冲天炮是十二个，他们一买就是二十多个，玩的时候分成两队，两队互打，谁先哭谁输。

拜神也是过节才干的事。什么节对应什么神，比如中秋节，对应的是月神，春节之前拜的就更多了。我以前总是觉得很奇怪，那些所谓拜神的东西，最终都下了我们的肚子，月亮娘娘啥也没捞到嘛。

我也喜欢拜神！拜神是狂欢的机会。以前我们院子里拜神都是几家人合在一起拜的，用一张超级巨大的桌子，摆在大院子中间。几家的小孩子就在拜神的桌子底下钻来钻去，大人们也不管，他们忙着磕瓜子聊八卦，反正平时也没理由这么休闲。

到了很晚，人们恋恋不舍地收拾起贡品，要回去睡觉了。这时候孩子也恋恋不舍地回屋，洗洗睡了。我一边回屋一边回头，看到满地的瓜子壳，好像是刚才那场狂欢的物证。那些平时装模作样的大人，现在也懒得收拾现场了。要到第二天，过节的激情彻底消退后，才一个个拿着扫把，做出原来就有的那副规矩勤勉的样子。

过节的时候，会做一些特殊的食物，有时还买一只鸡或鸭子。鸭子的命运往往是卤，鸡的命运往往是盐焗。在还没有走上刑台前，它们在院子角落里大声呐喊，那叫声是节日的进行曲。

传统点心其实是又花时间又不好吃的，但是大家总得弄点事情来干，要不然节日岂不是与平时没有什么两样？于是过节之前都煞有介事地在厨房忙着。一家大小，全体出动，一定要全体出动啊，全体出动才有气氛。只是，忙乎半天弄出来的东西，没吃几口就算了，像当了净坛使者的猪八戒一样，“不知怎么，脾胃一时就弱了。”

我们似乎不需要那么多的节日。因为我们再也不缺吃的，也不缺玩的。——然而并不，我们仍然需要更多的节日，因为在节日，我们才有机会劝说自己和颜悦色，孩子不听话也不打骂，夫妻之间不和谐也一笑置之，再难过的事，也想着尽量忍一忍，忍过了这个节日再秋后算账，而事实上过了节也就忘了。活着就是这样，活着活着就忘了。

夏天欠缺余地，冬天适合怀想

夏天就不要去说它了，特别是白天，那大太阳像个高音喇叭终日叫嚣，搞得我这种皮肤感光度较强的，只好像夜行动物一样深居简出居心叵测。反正我不喜欢夏天。

春秋两季倒是挺舒服的，温度合适，但又太合适了，太曼妙了，都没有艰难感了。

还是喜欢冬天，有艰难感，特别是冬夜，在风口，顶着风前进。最好一个人闷头在走。有生命中不能承受之凛冽，直吹到你骨子里去，黄金冰冷。

夏天的时候，巴不得与人离得远些，太热了，远离那些制造热量和二氧化碳的活物吧。

冬天来了，咦，活物们都变亲切了。想摸一摸，抱一抱，白天挨挨身，晚上暖暖脚，天冷，我们只好挤挤挨挨，不要浪费能量。

所以冬天里人们的感情好些。冬天才会写出“晚来天欲雪，能饮一杯无”这样温暖的诗。

夏天的时候，吃点什么都能让自己变成一个“大油物”。没胃口，太热了，只想喝水、吃冰。恨不能像孙悟空一样，吐烟喷水，腾云驾雾。

冬天一到，突然变成猪八戒了。包子馍好吃，高翠兰可爱，哪里都比不上自家的炕头。那尘世的一切叫人流连。

夏天，天空迟迟不黑，光明恋恋难去，人们只好继续劳作。

冬天黑得早，天黑之后，没理由上班了。发呆吧。所以冬天漫长的地方，产生了更多的诗人、哲学家和思想者。

冬天更容易悲伤。可是悲伤产生的涩，会使我们滑行着的生命更有存在感。

“柴门闻犬吠，风雪夜归人”当然要比“绿阴不减来时路，添得黄鹂四五声”更温暖。因为前者够重，后者则太轻。

夏天太光明了。夏天欠缺余地，冬季适于怀想。正如戈麦所言：

想象的硫挥发在雾中
金属和金属相遇
记在心里的光已被带走

我默默地记下经过窗下的人
采着满手鲜花的人
唱着爱尔兰歌曲的人

默默地采集着石头
用冷酷而残忍的景象

一遍遍塑着未来的时光

冬天醒的时候更清醒，睡的时候更酣醉。

冬夜，视睡如归。夏天的睡眠没有这样的归宿感。夏天歪在凉席上就睡着了，醒来的时候，席上的背部位置留下一个湿漉漉的印迹。开着嗡嗡鸣叫的空调入睡吧，睡着的时候，身体好像有某个角落总是醒着。只好冬天，我才彻头彻尾、每一个骨头、每一个细胞都在鸭绒被里沉睡。

冬天有雪。雪从天空下落的时候，好像有无声的音乐。雪停了，大地变成一个巨大的奶油蛋糕。不，我的比喻太轻浮。雪像某些东西一样逐渐积累，覆盖，遮蔽。你在大雪地里看到的一切都变得一言难尽。

冬天在岁末，很多节日。人们用鞭炮声驱散寒冷，用音乐声和节日的烟火、欢呼来遣除寒冷。

从明年开始，我要开垦一个农场。

总之，岁末，年初，这时令的节奏，给我一个理由，可以重新开始。

真正诗意的生活，

应是来源于一颗有活力的心。

假装岁月静美，

不过是用隐士的姿态粉饰自己当下的无能。

坦然接受平凡
才是真强大

那些不美的才女

在第一次世界大战前的法国小镇桑利斯，中年妇女萨贺芬是杜佛夫人家的清洁工，由于欠债累累，萨贺芬几乎不与人打交道。她在街上走过，低着头，匆忙而又蹒跚，仿佛竭力想把自己臃肿的身体变成被忽略的透明薄片。

但是这个窘迫又木讷的清洁妇，每天晚上回到家之后，会唱着歌开始作画。她没钱买颜料，只能用野外的土壤、植物汁液、肉店里的兽血、教堂的烛脂等，混合制成自产的颜料。

这是电影《花落花开》的开头，电影中的萨贺芬真有其人。在朋友家看这部影片之前，我已经知道她的故事：在她的命运里，出现了伍德先生。伍德是杜佛夫人家的房客，是当时致力提倡“素朴艺术”的德国收藏家，伍德偶然看到萨贺芬的画作，震惊，买下萨贺芬全部作品，并开始资助她创作。

中间，伍德因战火离开法国13年，萨贺芬再度陷入贫困，但她没停止画画，伍德再与她相遇时，发现她画技更纯熟了。萨贺芬再度受到伍德的帮助，放纵地享受了物质的丰盛之后，伍德宣布卖画的钱远无法负担她的开销，并且取消了她的画展。闻此她崩溃，她说：“天使们已经在去往画展的路上，这一行程无法改变。”

谁都不会听她的胡言乱语，最后，她被送进疯人院，接下去她的人生都在疯人院度过。

即使知道萨贺芬人生的大概剧情，看电影时，仍然对这名清洁妇感到迷惑。确实很难想象那些活物一样的画作、像动物一样的植物、像眼睛一样的果实……是出现在这名表情木讷、形象邋遢的清洁妇的手下。她的生活，尽是低贱的劳作、欠债的狼狈、偷窃颜料画布的猥琐。她没受过教育，没有被爱过，也没有爱过人，与所有人仅有一点点交往都充满别扭。在她的眼神中，你觉得智慧这种事物好像与她不相干，情感这种事物也是缺席的，当然，也更难以想象她的灵魂。

这种感受，也许是出于一种势利。这种势利，在另一部电影《立春》中，也出现过。《立春》里王彩玲一出场，喜欢油画的黄四宝便很是遗憾地说，想不到王彩玲长得这么难看。电影中，她迈着八字脚，携带一口龅牙，她性情古怪，情商为负，不与邻居打招呼，对男人不屑，躲在房间里自己缝制演出服，去婚介所时戴着墨镜，自视为天才，说“我一定能把自己唱到巴黎去”。

王彩玲是令人感到尴尬的，萨贺芬当然也是。与伍德分别 13 年后，萨贺芬再度获得伍德的资助并开始卖画，突如其来的物质宽裕令她颠狂。她疯狂地购买画布和颜料，阔绰地租下大房子，采购家居用品的时候，她几乎买空了一整个杂货店。她为自己订制最昂贵的新娘礼服，一挥豪手为邻居也订了一套，甚至她还准备购买一套庄园别墅。——最后，伍德忍无可忍地说，抱歉，我无法帮助你了。

当然，伍德的拒绝也因为经济萧条的降临。但是，除了神，凡人很难因为一个人的才华，而无限地爱上她，容忍她的丑陋形象，古怪性情，偏执、不识趣以及疯狂，即使是伯乐伍德。当伍德有所冷落时，萨贺芬还曾哭泣着责问，是不是因为安玛莉小姐对他们的交往怀有嫉妒之心？伍德只好耐心解释，不是的，安玛莉小姐只是我妹妹，我是个同性恋者，不会与女人结婚。

尽管把画家萨贺芬称为女文青不太公平，但是萨贺芬和王彩玲对艺术赤诚的热爱，却最符合女文青的本义。她们的存在，仿佛有一个声音在暗处嘲讽着质问："长得丑，身处卑贱，也配热爱艺术么？"看起来那么地不搭。

这种种尴尬，也许是女文青的另一种可能。人们总设想女文青是美的，起码文青范儿是美的，要不然，文青范儿也不会借安妮宝贝的文字而成为一种热供模仿的生活方式。但事实上，比如对画画和声乐爱得如此炽热虔诚的萨贺芬和王彩玲——这么说吧，真正的女文青很可能是一些令处女座抓狂的生物，邋遢，丑陋，低能，卑贱，残败，等等。

但是我还要说到第三部电影。电影《黑暗中的舞者》的女主角，塞尔玛，与萨贺芬和王彩玲却很不同。当然，她们也很相同，塞尔玛也是长相平庸、身处低卑的接近中年的女人，生活艰难，贫穷之余还有眼疾。她对音乐的热爱，也与萨贺芬对画画的热爱很相似。

与萨贺芬和王彩玲所不同的是，塞尔玛与世界的相处没有那份尴尬，多数时候尽是陶醉，也许因为，她的性情里有封闭得更加完美的天真。

影片中有这么一个细节。塞尔玛瞎眼之后，最开始仍然没有脱掉眼镜，也许企图向他人掩饰。后来，是爱慕她的男人谢夫看出来这一点，塞尔玛才把眼镜摘下，扔掉。这个细微的动作，可以想象，非常痛苦。奇怪的是，绝望的神情在几分钟后就消失了，因为塞尔玛唱了一首歌。

这首歌是塞尔玛和谢夫的对唱，歌词如下：

谢夫：你没有看过大象、国王和秘鲁！

塞尔玛：我可以愉快地说，我看过比这更好的。

谢夫：那么你看过中国吗？看过长城么？

塞尔玛：长城确实很伟大，但我小小的屋顶没有坍塌，这也很伟大。

谢夫：那么你不想看见你的爱人？你的家？

塞尔玛：坦白说，可以不看。

谢夫：你还没有看过 Niagara 大瀑布。

塞尔玛：但我见过水。瀑布不就是水吗？

谢夫：那你见到 Eiffel 高塔吗？见过金字塔吗？

塞尔玛：我第一次约会时的血压也一样高。

这首歌词令人很难忘，以前，我只认为，它是塞尔玛针对谢夫的一步步追问不得已给出的解释，是她对自己失明之后的人生进行自我安慰。但现在我不这么看了。我觉得这首歌词说的不止是失明，还包括生而为人，生而为一个普通人，所有可能承受的一切不幸、不足、不完美。

比如萨贺芬、王彩玲的贫困和丑陋，比如我们种种与生俱来的局限。凡人你我，既不比王彩玲漂亮，也不比萨贺芬聪明，更遑论她们的天才。

萨贺芬疯狂地购买一切，以致令伍德忍无可忍的行径，岂止是物质上的放纵，其实也是她对命运种种不足的不甘。而王彩玲，则是把我们生而为人的心有余而力不足做出极端化的表现罢了。

这一切，幸而有塞尔玛，天真又智慧的塞尔玛，借一首歌唱出她对这残败人生和残败自我的理解。在这些貌似自我安慰的歌词中，她接受了命运。财富、健康、美貌、能力，都与她无缘，就像我们中的多数人一样。没有见过国王、秘鲁和大象，这也像我们中的多数人一样。但是，即使见过了国王、秘鲁和大象，也还有比这更多的没能得见，总之，每个人都在失败中跋涉。

这也解释了前文那个浅薄的提问：长得丑，身处卑贱，也配热爱艺术么?

事实上，任何卑贱或丑陋的人都可以配上灵魂的璀璨，而热爱艺术和拥有艺术天分，即使是发生在最为残败、悲微的躯体里，都是光荣的事。

“我小小的屋顶没有坍塌，这也很伟大。”这一首歌里，塞尔玛拿出这份至高的骄傲；在不足和不幸中，她领悟了幸福和自足。

唯爱与美食不可辜负

家乡夏天常见的食物里，有秋瓜。这简直像一个悖论。所谓秋瓜，其实是广州的水瓜，做成汤，里面放着切得很薄的肉片，有时候还放豆腐，于是绿的翠绿，白的莹白，在清汤中起伏，望之消暑。也会有别的菜，比如盐煎鲩鱼，鲩鱼吾乡称为草鱼，鱼腹处如果横切，将成为一个优美的圆圈，以骨少而获青睐。将之煎得双面金黄，偶有几粒晶莹的碎盐零散其上。它的干爽使它适于夏季。

夏天傍晚我们常把饭桌搬到门口去吃饭，门口有风，凉快——那时家里没空调嘛。也不止我家这么做，整条巷子的人都这么做。这是一条有进口没出口的巷子（有点类似死胡同），所以除了同巷的邻居，不会有人路过每家门口。虽然是巷子，事实上相当于一个大院。各家都搬着小饭桌在巷子里吃，就难免交流一下各家的饮食文化。我妈天天做那么几个菜，邻家李婶看出原因所在，掩着嘴笑了，讽刺我妈：你这么宠奴仔（即小孩），小心她将来爬到你头上去屙屎。

我妈没有做美食的天分，她是一个认为葱和蒜可以通用的人。但是她又对进口的食物极其看重，据说从婴儿时期我就开始“品尝”一切她能弄得来的有营养的食物，包括人类的胎盘，于是以肥胖壮硕而闻名潮州婴幼儿界。作为反弹，晓事之后我变得特别挑食，难得几样爱吃的食物，如盐煎鲩鱼、秋瓜汤，我妈便天天做顿顿做，家里人为之大苦，她也不以为忤。

她喜欢食物，也许因为她是饿过的人。在食物上她甚至对我们有一种奢侈的纵容。我喜欢吃烧烤的干鱿鱼，有时候，妈妈会用一盏煤油灯在房间里烤给我吃。干鱿鱼在那蓝色的小火苗下烤得特别焦香，简直令人销魂。而关着房间门偷偷吃的快乐，又令那美味更加沁入心脾。

17 岁我开始离家外出读书，我妈在食物的储存和邮寄方面颇有心得。她购得大量的土猪肉，在家里自制咸肉——加了潮州特有的配料“鱼露”而区别于外地腊肉——蒸熟切好，包装精密，托每个来广州的朋友捎给我。那时候似乎没什么快递，等到快递业发达了，她的热情更被极大地激发，触目所及什么都可以寄。

包括新鲜的猪肉、排骨，切好，洗净，分成一袋袋装好，每一袋是一餐的分量。再把空矿泉水瓶装上水，冻成冰，然后再把这一切装在某个泡沫箱里，封得严实，就可以寄出了，从潮州到广州之间，刚好是一天的距离。——我完全不能理解潮州的猪肉与广州的猪肉有什么不同，但没有办法阻挡我妈的邮寄激情。

我妈晚年与我住同一小区，我去她那里时常见她呆坐着不动。但如果我说到没吃晚饭，她就为之一振，露出了十分着急的样子，开始忙碌起来，在冰箱里找东西让我带回去，分袋装好。发觉这个秘密之后，我就经常说我不想做饭，我没吃晚饭。潜意识里只想看她张罗的样子，那样让我有个错觉，觉得她仍年轻有力，而我仍受她庇护。

前天到闺蜜家里，临走时说到每天懒得做饭。闺蜜脸上露出那种我所熟悉的着急的样子，开始翻她家冰箱，把现成的鸡肉切成肉碎，分袋装。但她装得太急了，没有分成小袋。回到家里，我把它们又按每餐饭的量拆成小袋，一边分一边觉得这个情景很熟悉，不知不觉地在无人的厨房里大声抽泣，鼻涕和眼泪糊得一脸都是，但人间已经没了我的妈妈。

“出花园”的孩子

在我们家乡有一条街上，卖的都是一些花篮、红木屐、红肚兜之类的物什，以前我也知道这条街，但觉得它离我甚远。后来我才知道，这条街上卖的是所有婚丧嫁娶出花园所需要的一切物品，而我之所以觉得离我甚远，因为我从不需要操办这些仪俗，自有我妈去主持。

我十五岁那一年，我妈开始觉得有盼头了。我们家乡的风俗是，满十五岁的孩子要进行一种成人礼叫“出花园”，相当于古代男子二十岁的“加冠礼”。这种仪式要根据每个孩子的生辰八字择日进行，当天仪式烦琐，但是据称办好了这个仪式之后，这个孩子就算“走上了大路”。至于为什么叫“出花园”，我擅自猜想，也许是因为十五岁以前无忧无虑且浑然天成的生活，庶几可比在花园中，而自十五岁之后，出了花园，则踏入残酷的成人社会。

可以想象当年我妈的心情，这个日子对她来说大概就像驴子前面那根红萝卜，她指望着它带来一个焕然一新、心智大开、人模狗样的女儿。她忍受眼下这个还没完全开窍的女儿，大概是在想象着一旦出了花园，我所有的不懂事都将不翼而飞，所有的顽劣愚昧皆如春冰涣然而解。

盼望着，盼望着，“出花园”这一天到来了。一大早，我依样穿上了红腰兜，蹬上一双红木屐。木屐大家都知道，日本电影里都可以看到，腰兜其实就是肚兜。现在说起来，这两种事物都是非常古雅、有风情的，还有意地突出了女性美，但在当时，我们却觉得有沐猴而冠的感觉，为了出花园之后的美好愿景，只能硬着头皮给耍下去。

仪式当天，饭桌上必须有一只公鸡，鸡头要对着那个“出花园”的孩子，表示她已经是成年人了。还有另一道菜必不可少，是猪肝猪心猪肠或者鸡肝鸡心鸡肠，总之就是各种动物的内脏大荟萃。这一道菜的意思是，吃了之后，此人就有了心机，胸中也有了城府，吾乡称为“有肠肚”，不再一片天真混浊。

对于出花园这件事，大概是我妈和我爸渲染过度了，不止是他们，连我都对它的结果充满期待。虽然已经被唯物主义教育彻底洗脑，但我仍然想象过了这一天，有一股神奇的力量降临了，一道灵光闪过了我的大脑，从此我就像一个被升了级的软件，或者像一个被开了天眼的人，我的人生将与众不同，就变成了自己的真心英雄。

可惜，等我奋力吃完了猪心猪肝，认真咬了鸡头，严格地穿了一整天的腰兜木屐，还静坐家中整日如仪，隆重地出了花园，发现花园外和花园内，完全是一模一样，我还是那个我，做个作业还是那么辛苦，成绩没有丝毫进步，模样没有改善，就连头发都没有因此变得柔顺一点。

多年以后我结婚时，我爸妈也是严格隆重地遵照老家的规矩，几点沐浴，几点拜神，穿的是什么，吃的是什么，洗澡还要用十二种花泡水，洗完澡后要在澡房里自己默默地吃下一个鸡蛋。如此这些诡异的讲究，令我嘲笑不停。我一笑，我妈更是格外紧张，她生怕我有任何不恭，导致以后婚姻有什么闪失。她比当年我“出花园”时还紧张严谨，因为“出花园”是为开窍，而结婚则为幸福，后者在她看来更加不可控。

直到今天我终于明白，迷信的人是因为太过于重视一件事，过于重视了，便不容闪失，便不相信一己之力，便祈祷冥冥中有神的护佑。所有对子女爱之心切的父母，都是有神论者，都是迷信的人。他们相信自己的祈祷可以被神仙听到，相信上天能看到自己的虔诚，因而对他们至爱的子女格外开恩。因为，他们无法陪伴这个至爱的生命直到最后。也只有在很多年后的今天，我才看到吾乡这些可怜的老父老母们，在迷信的礼仪背后，那么一颗因为过于紧张而无助的老心。

坦然接受平凡才是真强大

有一年，我与好友小 D 长途旅游，去了很多地方。像在祖国大地上的每次旅游一样，旅程中总要各种挤车，上火车要挤，上汽车也要挤，每个人都在挤，也许是怕晚了没座位，也许怕车开走，也许不为什么，只是看到别人挤，便不假思索地加入了挤的大军。跟别人挤，已经内化成本能。我，当然也是这大军中的一名。

当我忘情地与人群挤在一起时，我注意到，小 D 在旋涡之外。她每次都站在人群的最后面，像一棵被水流冲开的水草。最开始，我焦虑她的柔顺，她的淡泊，因为我们是同盟，是利益共同体。但是这种焦虑只持续了几分钟，很快，她身上安静的气场逆流而上，笼罩了我。

事实上，站在人群的最后面并不影响上车，也不会因为稍微慢这几秒钟而迟到。但，不挤而站在最后，这样的选择，却令我在漫长的旅途中回味了很久。

小 D 是个天生过度谦让的人，几乎到了迷糊的程度。她小时候成绩很好，但她自己好像不明白这一点。二年级结束时，同桌留级了，她就跟着他，继续到那个留级的班上去。她说她当时觉得，同桌要留级，自己也一样吧。

她闹的这个笑话像个隐喻，小 D 的人生一直“自视甚低”。高考选志愿时，她的英语成绩是全班第一，老师主张报英语系，但她选了中文系，理由简直莫名其妙：学英语的都是很漂亮的女孩子，我又不漂亮。

中文系毕业后本来可以继续读研，但她不好意思再用家里的钱了，就这样，成为某个机关单位的小职员。

她被随机分到最烦琐的工作，每月要制订工资发放表，每年要收集部门每个人的评职称资料，收上来后又逐一检查，生怕因为格式不对导致对方评不上，种种烦琐。我光听着都暴躁起来，她却好像天生就该如此，没要求过换岗，还常加班。

我暴躁地说，格式不对，参评者责任自负，你用得着这么认真么？

她也熟悉我的功利了，笑嘻嘻地回答：“皇帝不急太监急呗。”

其实我内心，有个羞于问出口的困惑。我想知道，小 D 真的没有过不甘心么？作为一个属龙的天蝎座，我有一点“超人情结”，觉得与众不同才能刷出存在感。我很困惑，把一整个一整个下午的时间用于检查别人各种材料的小 D，怎么能不烦不躁，不急不怒？做着这些谁都能做的琐事，难道不觉得自己生活过于平庸？

羞于问出口是因为，我隐隐感到，这判断里，有很深的势利和狭窄、傲慢和偏见。但我暂想不出原因。

仍是那次长途旅行中，我问起小 D 不跟人群挤的事。我说：“也许你在所有的事上，包括工作，都从来不跟人争。”

小 D 说：“我知道你觉得我的工作又累又不值当，但我觉得自己这样挺好的。”

“为什么好？”我追问。

她说：“人的天分是有差距的，丑小鸭如果硬要变成白天鹅，就会很痛苦。平凡的工作也要有人做，我接受自己是一个平凡人。”

我急了，几乎口不择言：“你为什么认为自己是个平凡的人？我成绩没你好，工作没你努力，我都尚且认为自己是个不平凡的人，一个人怎么会心甘情愿地自认是个平凡的人呢？”

小 D 微笑：“你看，你会觉得智商低是天生不足，懒惰是天生不足，你怎么不想，性格里缺少进取心也是一种天生不足呢。性格缺乏进取心、开拓力，就会决定我的生活会平凡一点，我就应该安心接受啊。我在这个状态里比较舒服，不要替我觉得不平衡。”

这番话令我很震动。这里面也许有消极，但是它照亮了我之前的盲点：之前我觉得，小 D 认真工作是无奈地忍受，我很少意识到，一个人，真的可以在平淡乏味的状态里，取得平衡。

小 D 让我意识到，人不是因为被要求淡泊而淡泊。真正的淡泊，必是自己的选择。真正的淡泊，也不可能只有悠闲——很多人的“不争”，究竟还是争，为自己争得轻松，争得逍遥，争得一个淡泊的声名，——可真正的不争，是小 D 这一种，日复一日地劳作，心里没有怨尤。

我替小 D 不平衡，这是因为，我也是一个有“争”的人。同为平凡人，小 D 的世界是安稳的，而我则动荡。

人近中年，我才逐渐看到自己对“平凡”的理解，狭窄和傲慢。

小 D 过的，仍是最平凡的人生，晋升缓慢，收入平淡，孩子还小，家里却开始有了一些变故。人近中年时最怕变故，一点小变故都会在已经饱和的工作量上再添负荷。这时的小 D，绵绵不绝地迸发力量，这力量不是颠天覆海的行为，而是沉着应对，从不说烦。一个真正接受自己的人，真正接受了自己的状态和命运的人，面对变故就有更大的力量。“逆来顺受”这个词，从前我以为是一个懦弱的姿态，现在想，这里面有着对生活很深的洞见。

这是一个唯精英马首是瞻的世界。仿佛唯有精英的生活值得一过，唯有精英才值得被讨论，唯有精英的观念、精英的活法值得言说。

然而，在小 D 的身上，我领悟到，对平凡的接受，可能才是一个人对生活真正的诚意，是真正了不起的担当。——该盖章时盖章，要填表时填表，在繁杂的工作中，让自己不烦。就像禅宗所言，砍柴时砍柴，吃饭时吃饭。

接受自己是一个平凡人，不仅仅是接受平凡，更是接受真实的自己。“接受自己”的力量是非凡的。惠特曼曾说，从此我再不要求幸福，我就是幸福。我再不仰望那些星星，我知道它们的位置十分合适。

我不会忘记小 D 在火车上说过的那句话：“你不要替我觉得不平衡。”

未完成的内心无以谈诗意

人是多么善于粉饰自己的生活啊。这是我无意翻到自己多年前的文章时，一个最强烈的慨叹。

当时，我住在广州最大的一座山脚下的某个校园里。山居，成为生活里最易措手的形容词，便于用来表达静好、诗意之类的效果。这是我最安全的抒情、最有效的路径，在贫瘠的生活里模拟丰饶，在脆弱的状态中到达安慰。

对山居生活的描述如此娴熟，大概与我前面二十年阅读过的田园诗颇有关系。我写出下面这样的句子，把它贴在某个论坛上，得到了无数的艳羡和呼应：

“在我阳台外，就是山的某道围墙，山上的树叶时时飞些落在我的阳台上。山就有这么近。

有时候，我听到别人说白云山怎么怎么，比如蹦极啊，缆车啊，公园啊，我会觉得很奇怪，好像他们在说另一座山。白云山那么热闹吗？可是我看到的山不是那样的。

每天出门，穿过走廊，下了楼梯，抬头便看到山。山迎面走来，枝叶层层披覆。

有时候，是夜晚，我站在楼梯口，举目与那山对视。山在夜色里呈现出一个毛茸茸的剪影，带着缓慢又恒久的呼吸。

我知道最人迹罕至的小路，要翻山墙而出。就好像对一个人，我知道通往他心灵某处的一条秘密小径。任何时候，只要我想到：我住在一座山下，我抬头，便可见到它。

我也叫不出那些植物的名字。那些看起来又脏又旧的叶子，细的叶，大的叶。那些野花，一点也不寂寞，黄色的野菊花极其茂盛，而且四季都不缺席。这样结实而充沛的生长有时会叫我漠视。有时候，我走了很长的一条路，回头一看，路上一直都有它。高高低低的叶子，疏疏密密的花，全是它，不曾间断，就像它一直在送着我。

有时候，我遇到一只蜘蛛，横在前方，结一个清晰的网。有时候，我走在山间，四顾无人，不知名的果子或枯叶从树上落下，打在我身上……”

那是每天下了班之后去爬山所见所闻。一点平凡的纪录，却被我赋予了种种不易觉察的光环，带着奇怪的优越感。这是我“靠山吃山”的方式，这山居生活，确实是我不多的写作素材，不多的炫耀资本。

当时，住在校园里的很多人，确实有很多物质形式上的“靠山吃山”。我的邻居是一个刚毕业留校任教的英语老师，非常漂亮，她的人生里唯一的遗憾是脸上会长痘痘，所以她妈妈每天到白云山去打泉水来给她洗脸，她们家喝的每一滴水，都是白云山泉。我的另一个邻居，是已经退休的老两口，他们每逢春天便结伴上山挖蕨菜，那种以美丽弧状卷曲生长的野菜，经过复杂的处理之后吃起来非常美味。整个四月，我经常获得老两口的馈赠，蕨菜特殊的口感，似乎让我有更多可以接地气的抒情内容。

我父母对这山居生活尤其热爱，父亲曾经打趣说，母亲恨不能在回家乡前，都用塑料袋装几袋白云山的空气回去。

事实上，这静美并没有令我感到真正的诗意。真正诗意的生活，应该是来源于一颗有活力的心灵，而不是通过描述创造的。

而我虽年已二十好几，内心却尚未完成。这静美的生活非我所要，但我却不敢说出我要什么，我年轻到没有勇气正视自己的压抑。

山居生活真的有我前面所写的那么享受吗？没有，完全没有。

当时我一个人有一套两室一厅的房子，很多人羡慕这生存环境，除了无敌山景、校园配套设施的便利之外，广州飞飚的房价也让我不敢不“感恩生活”。工作那么清闲，饭碗那么稳定，每年有两个寒暑假，上下班走路就好，三餐都有饭堂。我刚从大学出来，侧身又进了一所大学，毫无疑问地，将会在这里轻松地待到老，拿着福利鲜明的退休金，大病小灾全能公费治疗，天天喝着白云山泉，这样的生活，以我一向的低能，难道不应该感恩戴德么？

出于这种心理，我努力地感恩，用我最为擅长的一项——文字，去赞美我身处的生活。我以为自己会被自己的抒情哄住，因为贴在论坛上，它们，确实哄住了很多人，我甚至把它写成一个连载，记录每一天下了班爬山时，看到了哪些植株，它们的生长速度，它们属哪一科哪一目。很多人与我讨论，我在文字里，似乎成功地把自己塑造成一个隐士。

热爱植物的人，想必是内心极为沉静的人。可我的“热爱植物”，不过只是沉静的一种模仿。这极为静态的事物，放大到当时我整个的、极为静态的生活，很可能像一个巢，是我在十八岁之前离开的那个巢之后的第二个。

布罗茨基在他的散文《一个半房间》中写，每一个儿童都渴望成年，巴不得快点离开他的屋子，离开他那压抑的窝巢，出去！进入真正的生活！进入广大的世界！然后有一段时间，他会专注于新景观，专注到构筑自己的窝巢，制作他自己的现实。接着有一天，当新现实被掌握了以后，当他自己的方式实行了以后，他突然发现他的旧巢不见了，他发现他的成就，也即他以自己的方式制作的现实，不如他放弃的旧巢有效，发现如果他生命中有任何现实的话，恰恰就是那个压抑、窒息、他原本恨不得逃离的巢。因为他是由别人构筑的，由那些给了他生命的人构筑的，而不是由他，而他太清楚他自己的劳作的斤两了，他在某种程度上只是在使用这被给予的生命而已。

显然，我是布罗茨基所写的那些青年中的一个异数。我竟然，没有离开过巢。在离开童年那一个之后，我飞快地进入另一个，那几乎依照父母心愿筑建起来的另一个，它简直是之前那一个的再造。也正因此，我从来没有制作过自己的现实。即使再没有斤两的劳作，再无效的现实，我也没有制作过。

我束手束脚地行走，假装生活静美，用隐士的姿态粉饰自己的无能。

记得某天，我坐在办公桌前，面对的窗外有几根树枝，树枝上有一只鸟，可能是麻雀，因为它在雀跃，雀跃之余，带动枝条，这无聊的随机运动吸引我看了很久很久，像打俄罗斯方块一样停不下来。

我站到窗前去，那是一株大叶榕，一到冬天就落光叶子，到春天的时候，每天的变化如此巨大，昨天那枝桠上还是透明的芽，今天已是嫩绿，很快又变成浓绿，并飞快地从紧致变得舒展，从稀疏变得密稠，即使连一棵树，都在提示着一种叫“光阴”的事物。

我本来可以把这个情形写成一个静态的动植物观察笔记。可是那一瞬间，一种巨大的，对时间的焦虑——不，也许是敬畏，突然到达。一瞬间，焦虑统治了我，与我之前所有潜意识里的努力结合在一起，摧枯拉朽地迫使我下了一个决心，决心把自己的生活打碎掉，也把自己打碎掉。

在那个时候我尚没有非常明确地想好打碎后要怎么办。但是多年后，有一次与武志红老师聊天，他无意中，似乎是一种穿越，回答了当时我的问题。他说，能把自己打碎掉再重建的人，他把这称为“自我组织能力”。拿官渡之战中的袁绍和曹操来说，曹操就具备这种能力，所以他敢以七万之兵抗袁绍的七十万大军，敢豁出去听来降的许攸建议，夜袭乌巢劫取粮草，反败为胜。而袁绍则把报告负面消息的人全部杀掉，包括有负面预言的田丰、沮授也被杀，因为杀掉他们，他就看不到自己的失败。袁绍是把自我不断地裹紧、收缩，他的自我没有重建和再造能力。

我一直庆幸自己离开那“靠山吃山”的生活，原因也许在此。在我自己小小的战役里，我做了袭乌巢的曹操。尽管打碎之后重建的自己，也并无任何英雄可言，可是一个走在自我完成的路上的人，就可以说是他自己的英雄。即使他潦倒，也可以是一个潦倒的英雄。

其实那所校园确实很美，在那里，我还是有很多的朋友，她们和当时的我做相似的工作，她们得其所哉，自如快乐。我相信那是真正的自如快乐。不适合我的东西，并不见得不合适他人。用金庸小说《白马啸西风》中的话，“这些都是很好很好的，只是不适合我。”

这一年春天又到。我再一次看到榕树落光叶子之后，以一天一个色阶的变化出现，提醒某种时间的敬畏感，不，焦虑感。

我几乎有点喜欢这种对时间的焦虑感了。一个热爱生活的人是舍不得睡眠的人，一个有时间焦虑感的人必定也是爱时间的人，是生活得投入和充分的人。

《朱子语录》中说，要写得好句“须是看得那物事有精神方好”，如何会得物事之精神，则是“须得踏翻了船，通身都在那水中，方看得出”。

我曾在师长的文章中，看到这个句子中的道理，被指向于读书和写作，可我觉得这个道理，也可以指向生活本身。

须得踏翻了船，通身都在那水中，方看得出物事之好。作为那个曾写着山居植物笔记的人，其隐士姿态也许是可赞的，可我知道，她未被生活的水浸湿过脚踝，她只敢写写那不会申辩的植物。她从未将船踏翻，从没勇气将船踏翻,她没有什么勇气去谈论内心。若从未通身都在时间中，她更加没有什么理由，去正视对时间的焦虑感。

学琴往事

我儿子徐宇澄君长到五岁的适龄年纪，我妈就开始促催我带他去学钢琴了。但是我儿子真是不争气，他对钢琴的态度从几个月到今天全都一以贯之，就是用拳头擂！我也不知道他怎么这么粗鄙，说起来我和他爸都还是有点音乐修养的，只听说负负得正的，难道正正也会得负吗？

我们家呢，在音乐上还是有点家学渊源的。小时候我看到家里长年订一本杂志叫《广播音乐》，现在想想一个人对着简谱学唱歌不是挺傻的吗？当年我爸就是这么干的。他会的乐器不要太多，还都是自学。口琴手风琴这种当然不用说了，还有一些稀奇古怪的，比如什么三角琴之类。

我和我妹学过小提琴，当时他的任务是监工，有时要示范一下，他一拿起琴来就自己陶醉地拉开了，然后就忘了坐在一边的我和我妹，然后我们就顺便放下琴玩开了，然后就没有然后了。

我爸对音乐确是真爱。如今他身为一个老头子也经常看中央八台的音乐频道，上面经常有些交响乐团演出古典音乐曲目，也就是俗称能让人听睡的那种。老头子听得很投入。

我妈的品味相对低一点，她喜欢的是演出。与其说喜欢音乐，不如说喜欢舞台。唱歌、跳舞、报幕，她都很热衷。她声称自己本来可以在音乐上有更高的造诣，但由于是家里大姐吃得不好导致营养不良，再导致身材不够高，再导致在舞蹈上优势不足，最后导致没法成为更重要的文艺骨干。不过，上帝在这边关了门，就在那边开了窗，跳不成舞蹈她就专心发展声乐了。我妈说起嗓子的护理偏方来那真是一套一套的，比如说，吃生鸡蛋，喝热茶闷木炭，都是她万一上台表演前刚好嗓子哑了的应急措施。听起来跟巫术似的。

那么，鄙人当然也是受到熏陶了，所以当然也是一个雅人了。虽然没眼光的人轻易看不出来。

说到我学琴的经历，总的来说也没有什么好说的，也就是重复烂泥扶不起墙的命运罢了。不过当时有很多同学羡慕我，比如丁丁就经常说，如果她也有机会学个乐器该多好啊，她一定不会像我这么不懂事、不争气、不珍惜。

我虽然是个三不少年，但我脑袋灵啊，点子多啊。我就跟丁丁说，你妈不让你学不要紧，我可以教你嘛！你妈不给你买琴也不要紧，你用我的琴练习就行了！丁丁很高兴，虽然她对我的水平十分怀疑，但好歹也算是向艺术殿堂的方向迈了一步。考虑到她也没钱可以向我上交学费，我不知道我们当时在这个问题上是怎么协商的，反正协商了也没用，因为事实上只开展过一次课。

第一次上课我就和我的学生丁丁闹翻了。我告诉她，握弓的手掌要松松的，虚虚的，里面好像握了一个鸡蛋，这是老师的原话。然后我又说，虽然虚握，但是要很有力，不能软绵绵，这也是老师教我的原话。丁丁就不满意了，说我自相矛盾。我也不满意了，你这是挑战我的权威吧？

我们吵了起来，师徒关系也走到了尽头。

说到练琴我还想起一件往事。上大学时有一次路过学校的相思湖边，听到有人在拉小提琴，是一名男生。那男生长什么样子我完全看不清楚，他拉得也不算很好，但无论如何，一个人站在湖边练琴这个情境是多么的浪漫啊，多么的让人心动啊，简直是产生艳遇的最好桥段嘛！一个会拉小提琴的人，在艳遇事业上，将是多么有竞争力啊！当时我真想过去跟他攀谈一下，说，哎，其实我也学过哎。但是，如果他把琴往我这一塞，邀我来琴瑟相和，我那三脚猫功夫不就露怯了吗？

这个时候我就隐隐地理解了当年我爸妈让我学拉小提琴的苦心了。

每一眼风景都是愉快的邀请
——大理日记

7 月 17 日　星期二

要走进这个叫龙龛的村子，要经过一条好几分钟车程的没有路灯的长路，再经过一条有无数弯曲的、同样没有路灯的小路。经过一大片一大片黑黢黢的庄稼，因为这是夜晚。如果白天，就能看到一片又一片高高的的玉米田，还有一片又一片矮矮的玉米田。还要经过无数我不认识的植株，一种据说叫“韭菜花”但我对此名存疑的开花的庄稼，一种据说是“樱桃树”但我同样不敢置信的一排小树，经过好多农田，水稻苗像放大数倍的绿色针尖，齐刷刷地插在地里，整齐得叫人为难。

还要不时经过白鹭飞过的地方，白鹭的脖子真细长，张开翅膀的动作真舒展，洁白的羽毛真是白，钢笔画似的两条黑腿真是遒劲，真的不要太漂亮了……如果它们从针尖一般的水稻田上掠过，那就是两种完美互相参照：色彩、形态、动静……从它们中间走过若无其事的村民，拿着不明所以的农具，挥挥打打，惊起一些白鹭和麻雀，渐渐近了或远了。

因为这是夜晚，所以以上一切全看不到。黑暗使村子更安静。全世界只有洱海吐吞波浪的声音，听起来像有个巨人在喝水：“咕嘟——，咕嘟——”当然要更温柔些，非常温柔。

7 月 19 日　星期四

大理的美，在周边农村。至于大名鼎鼎的大理古城，客栈太多了啊，真的是几步就一个客栈，他们怎么赚钱呢？太让我操心了。

一种东西太多了，就容易显得廉价了。我也曾想象如果我开一家客栈，会怎么装饰，前庭栽花后院种树，家具要么南洋风要么日系风，如此等等之类，但是到了大理一看，这风格的简直不要太多，全是森女系啊，供大于求啊。所以我现在改主意了，如果我真要开客栈，就跟最朴素的八十年代的招待所那样，会不会反而更特别呢？

我在洋人街上转了很久，想给小宝买几条睡裤没买到，一大圈走下来，压根见不到童装的影。也是啊，在这种风情万种，据说还是艳遇高发地的地方，怎么可能开一家童装店呢？谁会想到一条充满艳遇的路上，买一件婆婆妈妈的儿童睡裤。

其实我内心，也不喜欢带着孩子出门的（这几年我去哪都带着孩子，那是出于责任感，育儿责任感）。倒不是为了艳遇，而是带着孩子，对世界的想象力，有一部分是蒙蔽的，因为眼光在孩子身上了，所以受约束了。这个想象力，是一种不知下一秒钟会干什么的那种无产者的想象力。加缪说，旅游中最有价值的部分是恐惧。因为未知，所以恐惧。我理解这句话的意思就是一个单身旅游者的全部吸引力，他是充满未知的，不考虑孩子的睡衣、肠胃。他愿意把“未知”变得更加彻底的未知。而一个拖家带口出游的人，则是尽最大可能地把未知变得可知。

舒国治写过一篇随笔，大意是他在一家咖啡店里看到一个旅游者，他觉得此人很特别，因为他呈现一种与周围完全没有关系的气氛，让人猜想他常常在路上，还猜想他没有家人，即使他有，他的精神也不能与他们相守,他的精神处于永远寻找的状态,而不是像常人处于固守的状态。那几句话，极好地诠释了一个独行者和一个拖家带口旅游者的区别。

7 月 22 日　星期日

前天是“街天”，也就是“赶集日”，在三月街。我一起床就拉着小宝去。小宝问我什么叫赶集，我说就是卖东西买东西，他一听就不愿意去了，说最讨厌逛街。我修改了说法，说所有的人都“赶着去集中”，有很多好玩东西在展示。他一听又兴奋地出门了。可见同样一件事，怎么描述它真是很关键啊。

来到三月街，不要说小宝啦，我都失望得很，都是一些“全场两元”或者“全场五元”的东西，还有廉价的蓝布衣服、箩筐什么的。虽然我确实很爱便宜货，但也不至于要千里迢迢来这里带一些两元五元的锅碗瓢盆回广州吧。

这时就听到不远处的摊点上有个大叔在呼天抢地地喊：“人生苦短

啊，今朝有酒今朝醉。……我没几年活了啊，我也不想活了。……我一共离了五次婚，没有一次离得成。……生活没意思啊，我也不想过。……人生苦短啊……”

很多人听到他的呼天抢地就高兴地凑过来了，我也是，简直是惊喜有加地凑上前去。为什么听到别人不想活了，会这么开心呢？

开心地听了好一会儿，觉得他逻辑很有问题，既然“不想活了”，也就不必抱怨“人生苦短”了，反正短嘛，忍一忍就过了。他应该这么说：“人生苦长啊，怎么还有那么多年要活啊，我不想活了啊……”

大叔感叹完“人生苦短”之后，开始对顾客们逐个攻破，“这位大姐啊，你今年有没有十八岁？”我抬头一看，他正对着一名明显退休年纪的老太太说话。“这位小妹啊，这个镯子也就十块钱，五分铜五分银，我不敢伤害你。”我一抬头，得知他叫的“小妹”就是我，吓得我一个寒战把东西放下赶紧跑出来了。

昨天傍晚，我骑着单车在街上溜小宝，看到一家长得很小资的书店。一进门，就看到一个小伙子站在柜台与卖书的姑娘聊天，不对，确切地说，都是他一个人在说，卖书的姑娘只是笑眯眯地听着。

“尼采，与他们都不同，尼采写的文字，就像丝（诗）一样……”

“我要是把我要看的书都买下来，我就活不了了，就没钱吃饭了……”

“是的，我来大理，就是为了来好好地看看书……”

“你们这个书店品位很好的，我一进来就看到了，很多书我都看过……”

“是的，我喜欢尼采，他这本书我看过很多遍了，像这种书，看一遍是看不懂的，一定要一遍一遍地看……”

我津津有味地听着他一直在高谈阔论，谁知他突然话题一转：“那我先走了，你贵姓？”卖书姑娘还是笑眯眯地说：“我姓李。”“小李，方便留个电话吗？”

7 月 23 日　星期一

今天，客栈里的客人们自行组织，要去沿洱海骑行。我带小宝一起参加。不过我们很快就落后了。当然，习惯了落后状态之后，心情也是很愉快的。

这个地方最常见的就是玉米地，不知这是什么品种的玉米，玉米须不是我在广州常见的浅黄色，而是红色。玉米皮的颜色也要比我在广州看到的深，接近黄褐色，以至于我有几次错把收下来的玉米堆误认成竹笋堆。

洱海的影子慢慢地出现了，仿佛是一种前奏，是类似池塘之类的小水泊，由各种树木草丛胡乱地围拢，水面浮满了浮萍，看上去非常宁静。它们也许是洱海的分部。

路况很好，毫无难度。从前面看去，或者向后望去，好像都通向天边，都看不到尽头。长长的道路上只有我和小宝两个人，我们不疾不徐，匀速前进。偶尔有骑行的人走过，会对骑着小单车的小宝拍几张照片，对他夸上几句，让我悠闲的心情添几分骄傲。

绕出那个村庄，洱海像一块画布哗地展现在眼前。现在我们真的置身于画一样的景色中，在我们的右边，是阔大的洱海，左边，则是无边的田野。

要说海景，其实也不对，洱海是湖，没有海常见的波涛。它很静态，在沿岸的地方，由一些浮萍之类的植物所覆盖，如果凑近前去，会看到绿色的植物由水波托着有节奏地晃动，会猛然产生晕眩之感。远看，这种眩晕感就没有了，取而代之的是深深的宁静。偶尔有当地的小渔船停泊着，仿佛为了让画面更美好，那种两头尖尖的小铁皮船，都漆上了明亮的橙黄色。它们与绿色的水生植物映照，让沿岸的洱海有童话感。

低头骑车，四野寂寂，这条长路上只有白花花的阳光。时不时，一群黑点刷地投影在路上，又马上不见了。——那是天空中飞过的鸟。

还有一群硕大的白鹅，散放在洱海边，似乎正在啃食水中的植物。喂，难道它们知道白的鹅、绿的草和蓝的天正好形成绝配吗，要不要如此漂亮……

我们又绕过了一个村庄。不知是叫富美邑村还是大宁邑村还是蟠溪村还是古生村。这个忘了名字的村庄，有很井然的纪律，很多人家的门口都贴了牌子，上面写着它们获得的荣誉，什么“文明家庭”“绿色庭院”之类，最有趣的是好几家都写着“好婆婆”，也许说明这家有个得民心的老人。

这个不知名的村子里，墙上还刷着这么一条标语："一事一议财政奖补政策好"，我不断琢磨寻思着这到底是个什么政策，到现在还是没有想出所以然来。

我喜欢这个村子，从它中间那些窄小的路中经过，总是似曾相识，尤其在某条路上，一辆拖拉机停在旁边，路旁两只狗在打架，除了我和吊儿郎当的小宝，四周全没有人。这个气氛，好像从无所事事的童年穿越而来。

不知绕过了几个村庄，在各种村庄以及沿湖的大路交替着穿行。不管是村庄的小路，还是沿湖的大路，都各有情趣，都很美。

比如有一个村子，有一条溪流从村子边穿过，直接流向洱海，在河与湖交际处，水流汇成一片，炫眼的阳光把水光变得更加炫眼。

而在未到洱海的地方，溪流两岸生长着郁郁葱葱半人高的植物，植物让光线变暗。一个白族老人背着竹箩筐弯着腰，沿河走过。四周太静了。虽然有小宝这么现实的一个人在身边，我仍然觉得这像一个梦境。

然后我们就迷路了。意识到这一点首先是因为我看到一只白狗和一只黑狗在交配，是白狗主动的，黑母狗一边若无其事地接受，一边还低头吃着什么东西。我当时心想，他们生出来的孩子会不会有像奶牛那样的花纹，无论如何肯定是混血儿，会不会是一只特别聪明漂亮的狗呢？想着想着就骑远了，大概过了十分钟，我们又看到了这黑白两条狗，现在他们已经交配结束了，正谁也不理谁地在路边翻东西。我大吃一惊，这不就是我刚才经过的地方吗？我才意识到我绕了一个圈。

我赶紧掉转方向，朝另一条路出发，大概又过了十分钟，我又看到了这两条狗！这会它们已经走到田埂上，而我也在田埂上，但是田埂的前方还是刚才经过的地方。也就是说，不是这两条狗跟着我们走，是我们在这个神奇的村子里面以及周边打转。

我感到头脑里本来就不灵光的 GPS 定位系统现在全面崩溃了。

我停下来对小宝说，咱们迷路了。

掏出电话来问大队伍的人，把我经过的路大致跟他们描述了一遍。谁知一通电话让我更迷茫了，他们都表示，我描述的好多地方，他们压根没有经过……

我重新问清楚目的地，说是“西城尾村”附近。这下子我顿时被内疚充满：似乎是一个小时前，我们就经过西城尾村了，但我错过了通向目的地的小路。也就是说，我带着小宝比大队伍多骑行了好几条村子。想到大队伍正在目的地铺开毡布喝咖啡烤香肠，可怜的小宝却被我害得在这里直绕圈。

现在，我也不清楚自己身处什么村子。这是一个三岔口，抬头看，三条路大小差不多，主流程度不相上下，真不知如何判断。硬着头皮挑了一条随便骑，来到一片田野中，田野里陆续碰到几个农民，询问如何才能去“西城尾村”，每个人都告诉我“晓不得”，或者用我根本听不懂的方言大声喊着什么。

我只好放弃了向当地人问路，改成向小宝问路。我向同样神情茫然的小宝问：你说咱们走哪条路好呢？他用更茫然的眼光看着前方，无言以对。

这是下午六点多钟，天色还是大亮，只是略显柔和。身边一片广阔的玉米地，有一些成熟的玉米被收割下来，堆放在路边，吹过来的风，闻着特别香。与煮熟的玉米当然是不同的味道，大概还混杂了泥土气味。这里的风景还是那么好，如果不是操心着集合问题，也算一场美丽的际遇了。

我想了想，还是往村子里的人家走去。

这家人有个很大的院子，应该是白族建筑的基本结构，院门敞开。明明很大的院子什么都没有，只一个两岁左右的小男孩，坐在一张小凳子上，百无聊赖地啃着什么。作为一个资深房子癖，我的第一反应是：这么大的院子，在城市里得多值钱，这样空置着多浪费，实在不行放几张乒乓球桌也好嘛。

主人很热情地招呼我们，难得的是男主人的普通话很好，我完全听得懂，最后他说找辆车搭我们去西城尾村，并开始打电话帮我找三轮了。

不用再问路找路了，我放下心来，把书包里带的干粮分给小宝和那个两岁的小男孩，那个小孩与小宝一样酷爱吃花生，他俩抢起来，以我当时对这家人的感激之情，本该把花生都让给那小孩的。可我考虑到小宝还有很长的路要走，而且没有晚餐吃，便睁只眼闭只眼任由小宝以体力取胜了。

这男主人是给寺庙抄写某种文字材料的，他展现给我看，是抄在一种黄色的纸上，大概是什么人祭拜什么人，姓名、关系，等等，如此云云。没听清楚他们把这工作称为什么，但肯定是相对有文化的一种，难怪他的普通话这么好。

不久，一辆突突突直叫的小三轮车停在院子口。是运货的三轮车，帆布包起一个巨大的车厢，把我们两辆单车放上去还绰绰有余。男主人又给了我们一张长条凳子，我和小宝坐上去，舒服得堪称完美。

三轮车无比颠簸，但比自己骑总是轻松得多。它开过刚才我们骑行时或经过或没经过的路，到达目的地时，天已完全黑了。大家结束了烧烤和咖啡，只等着和我们汇合后就往回走。

所有的人都向小宝竖起了大拇指，因为他不但坚持自己骑行到目的地，还因为迷了路，比其他人多骑了八九公里，也就是说，今天小宝起码骑行了二十公里。

虽然大家对小宝大加赞赏，他却哭丧着脸，因为没有烧烤，支撑他坚持骑行的精神支柱倒下了。

回来的时候，小宝是坐车的，我是骑行回来的。没有小宝在身边，我飚得飞快，迎面不断扑来的小飞虫也丝毫不能改变我的好心情，我对这一天，表示很满意。

大海频频向我举杯

我们坐着一艘小船，驶向一个叫猪仔岭的地方。这是 2004 年 10 月的某个黄昏。

在我们刚刚驶离的码头，停泊的一排简陋船只，此时正因夕阳而瞬时华丽。它们被镀上层金，更显修长优雅。海面则以一滩金色涟漪，热烈地赞美西天华彩。

我们的小船行得很慢，它在摇摇晃晃中似乎转了一个小弯，海面变得更加清凉。没有夕照耀眼，我得以久久直视海水的质感。这真是我所见过最奇妙的海水，清澈还不算它给人最深刻的印象。如果要我比喻，我觉得那一波波起伏的海水，很像被咬开了的水果啫喱：透明的同时，又有点凝重；净蓝里面，又带一点碧绿。把身子俯向船舷，它便在眼下涌近，碰撞，然后破碎。可是，就连破碎的水珠也是蓝色的。

这是广西的涠洲岛。那天，我们看到的猪仔岭不算特别。第二天，我们又乘坐了另一种快艇，飞驰向 9 海里外的斜阳岛。

斜阳岛是一个很小的岛（才 1.9 平方公里），被放弃在茫茫大海中，有一整岛葳蕤的仙人掌和一个愉快的村落。似乎还尚未被旅游开发，后来我们找不到任何招待所住。

爬上岛到村里，要走很长一条山路，不知拐了多少个弯村庄才出现，泥瓦房子墙壁剥落斑驳，墙外四处搭着白银似的渔网。

有人在晒网，有人在补网，于是整条巷子都是银纱似的渔网。鸡、鸭、猫、狗在银色的网与网之间，昂首漫步。除了渔网就是网质的吊床，几乎每棵树下都绑着一张，几乎每张上都躺着一个摇晃的人——那也是网。

这村子看起来既热闹，又静谧。斜阳岛远远没有涠洲岛出名，还未经过正式的旅游开发，完全没有客栈。当夜我们住的是全岛唯一一间招待所——村公所，只有两个房间，一间房四张床，没有锁，也没有水。没有水是麻烦的，但没有锁却让我们很坦然。一群女生嘻嘻哈哈地各自睡下，竟然没有想到任何不安全因素。夜里，从窗户残破的玻璃上长驱直入的风深入了潜意识，也没有让我们感到不安。

那天凌晨，我们起得极早，月亮还在仙人掌上空弯着，我们走去斜阳岛的东海岸。漫长的海岸边上一个人也没有。

海水在海蚀洞中左右奔突，轰鸣。

大海，快乐而微醺的，频频向我举杯。

从斜阳岛回来的那个晚上，我们于夜里来到海边。因为抓螃蟹和捡贝壳，忘记了涨潮，不知不觉地走到了海水里。虽然看不见海水，但知道自己置身于海水之中。我高挽起裤腿。不用抬头也可以知道星星巨大低垂，不用月光也可以知道大海无边无际，像世界一样无边无际。我站在海水中间，就仿佛站在世界中间。

想象中的大海就是这样的：它荒凉无边，偶然过路的船，不断地带给我一些想象。海的那边，一些看不到的东西在遥远地闪烁，仿佛是海市蜃楼，又真实地提示着这世界的神秘。我的想象从没有停止过，或者什么时候，我就跳上某一艘低声鸣叫的大船，然后去一个完全不同的地方。

其实我的家乡是一个离海不远的地方。但我看到的海从来不是这样，它们是温和的、优雅的，是诗意的，我的所见，不同于我的想象。我总是对我家乡那些出名的海滩有些失望，它不能以一种荒凉粗砺，唤起我对另一种生活的想象。它不能带来远方的气息，不能以它的遥远安慰人心。

而眼前的，脚下的，在夜色里不被看见，只被感到的，涠洲双岛的大海。却以看不见的微醉，深入人心。此去经年，每当我再次想到涠洲岛，那碧蓝色的海浪就再次涌上眼帘，那种无边无际的感觉再次包围我。不用说我也知道，任何一片美丽的海域，都会因为游客的足迹，而变得不那么美丽，十年过去，我想象得到如今的美丽双岛不再宁静，星空下的涨潮不再有当时的醉意，可是，我依然能在回忆里，经过我的角度，一次一次地获得它。

北平的冬天没有风筝

从北苑到北京城里去，每次我都是乘坐开往东直门的城铁。城铁开出北苑一带时，要经过一片小型的树林。或许不叫树林，只是铁轨两旁都是树木。冬天没收了全部的叶子，成就了最美好的线条——树枝，向着蓝天的树枝。疏密有致，整齐而又节制，到了最末端，须状的细枝交织，远望一片烟气。平林漠漠烟如织，莫非说的就是这里？那些枝条是冬天最圆满的诠注。

有些树桠之间安放着鸟巢。有时候，一只肥硕的乌鸦突然粗重地飞起。有时候，某条枝条上，停着一只若有所思的灰喜鹊，神情凝重望向远方。

能上第一节车厢最好。站在驾驶员的身后，紧盯着那两排的树木迎着我展开，两排杨树，以微妙的弧线飞拂而过。阳光在北京的冬天里是灰蓝色的，正如月光在广州的春夜里是淡黄色。有时候这灰蓝色的阳光明亮脆薄，带来了阴影和闪烁。更多时候，阳光淡漠，是最细薄的粉末，撒在铁轨上。它淡化了庸常，简化了芜杂，锐化了重点。

如此情形，就是我想象中的冬天。一切像部黑白老片，默片，没有声音，连音乐也没有。或像木版画的草稿。大风吹彻，天地没有一点飞红流翠，没有颜色也没有牵拂。只留下极端素朴和简洁的树枝。

梁实秋说过北平的冬天有风筝，“沙雁蝴蝶龙睛鱼，弓弦上还带锣鼓。”没见着。

但见到有小孩在胡同里放“风筝”。这风筝是一个白塑料袋儿，绑一条小绳子，他迎风疾走，狂风将那袋儿送上天空。前面过来一老头儿，风筝绳粘在老头的头发上，老头去扯，扯不清，就粘着那绳子和白塑料袋往前走，小孩在后面跟……那是一条小胡同，前面有人卖咸鸭蛋和烧饼。

年画这种东西，明丽丰腴，莫非产生这种东西的地方，也就应该有个同样明丽丰腴的名字？人说“南桃北柳”，是指南方的桃花坞和北方的杨柳青，听这俩地名，实在是惊艳。

杨柳青是有美艳回忆的地方。“杨柳青青溪水黄，河流两岸苇蓠长。河西女嫁河东郎，河西烧烛河东光。日日相迎苇篱下，朝朝相送苇蓠旁……”这是元朝时传诵的诗句。“村旗夸酒莲花白，津鼓开帆杨柳青。壮岁惊心频客路，故乡回首几长亭。春深水暖嘉鱼味，海近风多健鹳翎。谁向高楼横玉笛？落梅愁觉醉中听。”明朝时，流丽中带着健朗的杨柳青。“满釜鱼羹气味腥，小船偶傍树荫仃。侬炊香饭郎沽酒，两岸春风杨柳青。织薄女嫁弄船男，裙子深红袄浅蓝。小轿一乘船载过，郎江河北妾河南。”两岸绿荫掩映中那红裙蓝袄飞舯而过，这是清朝的杨柳青。

这些诗句无一不给我一种流丽鲜润的想象，然而车子却将我们带进一个荒芜且杂乱的郊镇。“就是这里了！”司机撂下一句话，车子绝尘而去。一条大路横在眼前，像消化不良的大肠。巨大的寒冷扑面而来，狂风有如海啸。

这天正是阴天，阳光也格外灰旧。路旁那条承载美丽传说的河流，结上最平板的巨冰，完全像水泥地。

昔我往矣，杨柳依依。今我来兮，雨雪全无，河流结冰有如水泥地。

没有一点水分的空气从鼻孔送到肺叶。我在变干。——就像一片叶子，干枯且皱，有轻度的裂纹，在风里发出轻微的声响。

北苑是儿时的朋友 J 的房子。她自己周末不住，却任由我随时住。我一直非常喜欢 J 的家，包括她未嫁时住的父母家，到现在她自己的小家，对我来说都可亲得像自己家。尤记那时每年放假回潮州，我到她家住，两人半夜租影碟来看，《真实的谎言》，我们看完了就模仿那个像只火鸡一样的女人走路，走到厨房里做宵夜吃，很压抑地狂笑，怕惊醒她熟睡的父母——那是十几年前的事情了。

这几年每个假期，要么是 J 到广州的我这里来小住，要么我就到北京的她那里去小住——假如我没有其他的旅游计划的话。其实这已经是最好的旅游了：睁开眼睛，不在广州，不在潮州，是在一个陌生的城市。然后，悠哉哉地开始一天的生活。东逛逛，西晃晃。心中有一种舒缓的释放。

北京的黄昏来得很快。四五点的时候，光线已经暧昧不清。我在沙发上起身，收拾一下扔得到处都是的书，关掉电脑。

站在十八层的窗口往底下望，因为冬天的缘故，一切很萧瑟。

我爱在淡淡的太阳短命的日子，
临窗把喜爱的工作静静做完；
才到下午四点，便又冷又昏黄，
我将用一杯酒灌溉我的心田。
多么快，人生已到严酷的冬天。

……是穆旦的句子。

住在北苑的那些日子，有不少瞬间我感到与这座城市正有着比较深入的联系。例如这样的时候，站在楼上看玻璃窗下面这个陌生的黄昏；小区里翻拾垃圾的疯老人；电梯里提着蔬菜的妇人。我在这里进进出出。每一天。任何时候。很多个瞬间，一种奇妙的感受滴落入心头。我很希望我能记住一座城市的表情，像记住生命中某个，暧昧难名的，然而深刻难忘的，过路人。

那年今日松花江，人面雪花相映凉

天刚亮，我热醒在韩屯村老韩家的炕上。我趴在窗户上往外望，看到白雪覆盖了村庄。积在苞米秸堆，垂挂在屋顶，铺平了大地。

刚巧昨天认识的另一个哈尔滨来的旅游者肖，这时打来电话说松花江今天通航了，是入冬以来第一次通航，让我快点去坐船，说对岸的雾淞岛才是绝品。我迅速地套上盔甲一样的棉衣棉裤手套帽子，怕船不等我，连早餐都不吃，便向江边奔去。

早晨的村庄，炊烟从每家的房子上升起，空气中浮着好闻的苞米秸烟火气。每个屋子后面的蓝天里，都衬着一片落光了叶子的树枝。远远地，有个早起的老人袖着袖子走来，身边跟着他的狗。四野静寂，只有细雪在我脚下吱吱地响着。

这样的情景我是百看不厌，然而也是百述不得其韵的。迟子建曾写过这样的句子：“这时漠那小镇已被白雪覆盖得一片苍茫，河彻底地被封住了。流水声和鸟语声消失之后，大自然显得无与伦比的安静。我偎在火炉前读书，在烛光下写作。觉得时光好得就像年画。”我从来没有那么希望成为一个作家，可以像迟子建一样名正言顺地过上这样的日子。

船其实只有一条船板，上面站了三个船工和四五个游客。船工一边破着冰，一边撑着船板在薄薄的江水上划行。晨曦斜斜地照着船板的残雪，发出橘色的光茫。

雾凇岛是在松花江某一个拐弯处，四面环水，雾特别大，所以雾凇特别大。与韩屯村相比，雾凇岛冰清玉洁仿佛不食人间烟火。落光叶子的老柳树、榆树……所有的树干都被裹上白玉，被缀上雪花。所有的土地都奢侈地铺上了白雪，完整、洁净的像奶油蛋糕，还不曾被谁咬上一口。

相比这童话般不真实的景色，我其实更爱韩屯村人间的气息。然而，这美轮美奂的岛仍令我屏气噤声。作为一个从未见过雪的南方人，一下子看到这样的盛景，我忍不住想向天空深处张望：谁？谁如此挥霍？

雾凇停在枝条上，带着一种慵懒的表情。一阵风过，它飘飘摇摇地落下，仿佛下了一场小型的雪。对着阳光看去，那片片雪花便有种奇异的金色，亮得可以灼伤眼睛。

我一个人在又松又深的雪地里摔倒着玩。可惜来东北最蠢的一件事是事先没有准备一双足够暖和的鞋子，很快，脚冻得像刀扎一样。找到附近一个房子，敲门进去，想借他们的火烤烤脚。那家的大妈看了看我的鞋子，马上拿了一块厚绵布，剪了个简易的鞋垫给我。——真是温暖牌鞋垫，但仍然无济于事，我那天就是戳着两只刀扎一样的脚在雪地里晃了半天，深深地体会到了小人鱼的爱和痛。

我在韩屯村住的那一家，有个五岁的小女孩，老韩的孙女，韩淞婷。刚到他们家时，韩淞婷对我的数码相机感到很神奇，她到处拍，每拍一张照片便给我看，得意得哈哈大笑。她的笑令我骄傲无比。老谋深算的我，并没有一下子让她掌握数码相机的全部功能，等到她对拍照略有厌倦之后，我又大展身手，教她如何拿这个相机录像，于是她又开始四处录像，又开始不断地哈哈大笑。

我令她感到神奇的东西还有很多。比如说，我有隐形眼镜。她目不错睛地看着我摘隐形眼镜，很崇拜地告诉她妈妈："阿姨能从眼睛里剥下一层皮！"我还会把舌头从嘴巴里竖起来，这简单花样，韩淞婷不会，她仰慕又体贴地问我："疼么？"

俘获一个孩子的心，也是一件奢侈的事情。后来韩淞婷便寸步不肯离开我，连我上厕所她也要跟着，在韩屯村上厕所要到屋外的小茅坑，天寒地冻，夜风呼呼，晚上上厕所都要很大动静，但韩淞婷总是不厌其烦地穿好她的小棉袄，戴上帽子，再打着小手电筒，陪我上厕所，站在茅坑门口给我"放哨"。

离开韩屯村时，韩淞婷知道我要走，非常地不高兴。我跟她告别，她却像望着一个负心郎似地幽怨地看了我一眼，就别过头去，话也不说一句。我想，她肯定是感到欺骗，不是玩得好好的吗？说走就走！其实，亲爱的小孩，我也经常感到，所有的相遇和相聚都是一种欺骗。可我是大人，大人总能说服自己愉快地上当受骗。

我至今记得韩淞婷的儿歌，“小黄狗，找朋友，说猪黑，嫌熊丑。兔子尾短耳朵长，鸭子嘴扁又太脏。哎哟哟，一个朋友没找着！”我问她：“怎么说鸭子脏嘛？”她回我：“你没见鸭子身上可埋汰了么？”

回来后给韩淞婷打过一次电话，可是她不在家。

在吉林市的第二天早上，我走出招待所的门，看到雪正在下。雪下着，似有韵律，似在无声的音乐里飘落。我伸手去接，她们抽身而出。我仰脸，希望雪能在我的睫毛上站成一整排。

然后去吉林火车站买票，想去延吉的。不曾想，没票。我又想去鸭绿江，也没票。沈阳有票，长春也有票。站在购票台，我问了一个地方又一个地方，不知去哪里好，卖票的小姐催我，快点定呀。我急得脱口而出：“随便吧，随便！”那小姐哭笑不得，说：“你别（读第四声）随便呀。你到底要去哪？长春吧，长春行不？”

茫然地抬头看着火车站的茫茫人群，大家都有去处，只有我随便。一股奇怪的优越感，油然而生。

好吧，就长春。我就是那样去到了长春。

在吉林去长春的火车上，坐在我身边的那几个人对我很好奇。有个大姐老问我，一个人玩，有什么好玩的呢？我说我以前也没试过，试一试呗。她又问：“东北有啥看的呢？火车一出山海关，越往北走，就怎么瞅怎么荒凉啊。”我说东北看雪啊。她说：“雪有啥好的，嘎嘎冷！”

旁边有个大叔，总结道：“东北这地方，冬天那么冷，夏天也挺热，春天刮风沙，秋天还下雨！”

长春的街道两边，堆着黑色的雪。——那是泥土混着的雪。城市的雪，是黑色的。这就是为什么我们吧唧着嘴向往着的雪景，在他们当地人看来，不外也是初春雪融那一滩污水。这就是我们曾向往的东西，是窗前的明月光，是心口的朱砂痣，然而到了某个时候或某个角度，它又变成衣服沾的饭粘子，墙上一抹蚊子血。

我在那个城市整天晃荡，偶尔坐坐车或打打的，多数是走路。走几步，拐进一个店子，买了个关东烟斗，再走几步，又拐进一个店子，买了个狗皮帽子。华灯初上了，雪又下起来，透过雪混着的路灯的光线，长春看起来又旧又灰，摇晃着的一座城市。

后来我在路边一家小店吃的晚饭。因为数一数钱不多了，只能吃得简陋。我掀开店子厚厚的门帘，要了个猪肉冻，就着一碗苞米粥喝。老板娘坐在不远处，不断地打量我。我也暗自看她。老板娘长得挺有风味，像大多数的东北人一样，白里透红的皮肤，微微吊梢的眉，高耸的鼻子。那天的晚餐，我就这样对着老板娘，就着她的长相，一眼来，一眼去，吃了简单而丰富的一餐，然后心满意足回了旅馆。

这当然只是一次小小的旅行。后来，各种出差，各种游历，冰雪和远方，都是飞机票可以轻易达成的事物。我再也不会稀罕当年第一眼所见的东北景色。然而某一天，我却羡慕当年的自己，那简陋的旅行，稀松平常的事物，都能唤起我对一种生活的想象。那样的心态，比任何风景都难以复现。

所以我怀念那些年。那年今日松花江，人面雪花相映凉；人面不知何处去，雪花依旧笑东风。

后记

愿你安全度过每天的忧伤时分，
愿你每一眼风景都是一个愉快的邀请

这两年都是很典型的“坐家”状态，写作成为本分的活儿。慢慢的，似乎不仅是一种职业，还内化为一种思维方式。

我是一个不太上得了台面的人，认为自己的写作除了赚钱糊口之外，并没有什么巨大的意义，更遑论使命感。有很多时候则觉得自己跟《围城》中方鸿渐他爸写日记无异：遯翁近来闲着无事，忽然发现了自己，像小孩子对镜里的容貌，摇头侧目地看得津津有味。这种精神上的顾影自怜使他写自传、写日记，好比女人穿中西各色春夏秋冬的服装，做出支颐扭颈、行立坐卧种种姿态，照成一张张送人留念的照相。

钱氏的刻薄若被引用来自嘲，效果尤其清凉。方遯翁式的自恋，其实也不无好处。比如，我以前一直是个脾气很坏的人，但这几年明显少发脾气。因为在所有的怒气到来之前，好奇总是先于它们。一种写作者的好奇：好奇生活的怪诞，好奇自己的情绪，这种随时随地发生的抽离感，像一盆冷水一样浇灭我的怒火和冲动。

有一些事发生的时候，在怒火或哀怨升起之前，我先把它们当成写作素材去打量。一个合格的写作者不可能只拘于“我”的立场。一个合格的写作者，首先是生活里最客观的读者。这种抽离感，使我不管遇到什么事，都尝试着：我可以从哪几个角度去体验它们。

“就这样我发明了一种生活”，这可能是写作意外的馈赠。我不再用以前的思维去看待得失，这世间的强弱、优劣也有所变形、错位，在变成词之前，所有经历过的，都被我重新创造了一遍：我创造了属于自己的现实。

2016年上半年，大概是与我八字不合，过得十分艰难。在我的上一本书里，我说过自己是一个迟钝的、晚熟的、反应很慢的人，年近四十，才深刻地意识到活着的寂寞和脆弱，这对于普遍早熟的写作者群体来说，似乎是可耻的事。可是这种感觉确实是在2016年降临——我看到了自己的残疾。

而我也因此看到了更多人的残疾，我知道有无数的人，在每一天的某个时刻，感到难以继续下去。寂寞如此广大，“犹如胖子过夏，插翅难飞”。有时候，那凄凉的感觉像潮汐一样，早晨貌似退下去了，黄昏的时候它又升了起来。艰难感未必是具体一事一物的原因。街上走过的人群，多数面目平静，甚至喜笑颜开，可是我能感到更多悲伤隐藏在他们之间，因为无可诉说，所以惯于隐藏。

写作是否可以成为一种救赎？也许可以。它是我的飞行器，在那些犹如胖子过夏的时分，白纸黑字地邀请我：写出来吧，端详它们。我笨拙而功利地运用这唯一的便利，由它带领着，从我的小区域出走。这宽阔的世界必定能安慰我们。

愿你安全度过每天的忧伤时分；
愿你每一眼风景都是一个愉快的邀请。

图书在版编目（CIP）数据

每一眼风景都是愉快的邀请 / 陈思呈著 . -- 北京 : 北京联合出版公司 , 2016.10

ISBN 978-7-5502-8741-9

Ⅰ . ①每… Ⅱ . ①陈… Ⅲ . ①散文集 – 中国 – 当代Ⅳ . ① I267

中国版本图书馆 CIP 数据核字 (2016) 第 232040 号

每一眼风景都是愉快的邀请

作　　者：陈思呈
出　　品：杨　颖
监　　制：乔　迦
责任编辑：崔保华
特约编辑：张　爽　杨梦子

北京联合出版公司出版
(北京市西城区德外大街 83 号楼 9 层 100088)
北京联合天畅发行公司发行
北京鹏润伟业印刷有限公司　新华书店经销
字数 176 千字　880mm×1230mm　1/32　8 印张
2016 年 11 月第 1 版　2016 年 11 月第 1 次印刷
ISBN 978-7-5502-8741-9
定价：36.80 元

本书若有质量问题，请与本公司图书销售中心联系调换。
电话：（010）64243832 82062656